Miranda Lee

Un encanto irresistible

HARLEQUIN™

Editado por HARLEQUIN IBÉRICA, S.A.
Núñez de Balboa, 56
28001 Madrid

UN ENCANTO IRRESISTIBLE, N.º 2151 - 25.4.12
Título original: The Man Every Woman Wants
Publicada originalmente por Mills & Boon®, Ltd., Londres.

I.S.B.N.: 978-84-9010-857-4
Depósito legal: B-4989-2012
Editor responsable: Luis Pugni
Fotomecánica: M.T. Color & Diseño, S.L. Las Rozas (Madrid)
Impresión en Black print CPI (Barcelona)
Fecha impresion para Argentina: 22.10.12
Distribuidor exclusivo para España: LOGISTA
Distribuidor para México: CODIPLYRSA
Distribuidores para Argentina: interior, BERTRAN, S.A.C. Vélez Sársfield, 1950. Cap. Fed./ Buenos Aires y Gran Buenos Aires, VACCARO SÁNCHEZ y Cía, S.A.
Distribuidor para Chile: DISTRIBUIDORA ALFA, S.A.

Capítulo 1

RYAN Armstrong nunca mezclaba el placer con los negocios.

Ya había escarmentado. Conocía las consecuencias y complicaciones de mezclar el placer con los negocios.

De joven, cuando todavía no estaba en el mundo de los negocios, no había tenido necesidad de resistirse al sexo débil. Cuando se había sentido atraído por una chica, se había dejado llevar por sus hormonas y siempre había tenido mucho éxito. La Madre Naturaleza había sido muy generosa con él, al dotarlo con un cuerpo atlético y de hombros anchos, que las mujeres adoraban y con el que se había convertido en uno de los porteros mejor pagados del mundo. Desde los veintitrés hasta los veintinueve años, mientras había jugado en varios clubes europeos, había tenido más novias de las que nunca había imaginado.

Después de que una lesión lo obligara a retirarse a la edad de treinta años, había montado su propia empresa de gestión deportiva en Sídney. Por desgracia, no había desarrollado la buena costumbre de controlarse o de ignorar sus deseos sexuales. Así que cuando una de sus clientas, buena deportista además de muy atractiva, empezó a flirtear con Ryan, le había sido inevitable acostarse con ella. Teniendo en cuenta que ella tenía casi treinta años y que estaba completamente dedicada a su carrera deportiva, Ryan nunca imaginó que querría otra cosa que no fuera una aventura de una noche.

Fue en la segunda cita cuando Ryan se dio cuenta de

que había cometido un gran error. La mujer había empezado a enviarle mensajes de texto a su teléfono móvil, diciéndole lo mucho que había disfrutado de sus habilidades amatorias y cuánto deseaba convertirse en su esposa. Al intentar poner fin a aquel asunto, ella había reaccionado haciendo todo lo posible para destruir su empresa. Había facilitado información confidencial a los periódicos y había intentado ensuciar su buen nombre.

Por desgracia, para entonces había borrado todos los mensajes y, al final, era su palabra contra la suya. Por suerte, él había ganado el juicio, pero había sido difícil. Ryan se estremecía cada vez que recordaba lo cerca que había estado de perder todo por lo que había luchado. Su empresa se había visto afectada por un tiempo, a pesar de su norma de no mezclar el placer con los negocios.

Ya solo tenía citas con mujeres maduras y sensibles que no tenían nada que ver con su empresa de gestión deportiva Win-Win. Guardaba la distancia con las clientas y las empleadas. Su novia en aquel momento era una ejecutiva de una empresa de relaciones públicas cuyos servicios nunca contrataba. Era una rubia de treinta y cinco años, divorciada y muy ambiciosa.

Por suerte, no tenía ningún interés en casarse, al igual que él. Tampoco estaba enamorada. Sencillamente estaba ahí y cumplía las necesidades de Ryan. Era atractiva, inteligente y sexy. En los últimos años Ryan había descubierto que las mujeres entregadas a sus carreras solían ser muy apasionadas en la cama y no ponían ningún reparo cuando llegaba el momento de separarse.

Cada pocos meses, Ryan necesitaba seguir con su vida. De vez en cuando, alguna relación duraba algo más, pero no era lo habitual. Ryan siempre actuaba rápido si pensaba que podía verse afectado por un problema. Había alcanzado una edad, casi treinta y ocho años, en la que la mayoría de los hombres había dejado atrás su soltería. Casi todos sus amigos estaban casados, incluso los que siempre se habían negado a casarse y tener hijos.

Ryan comprendía por qué los miembros del sexo opuesto lo veían como un candidato a marido. Nunca hablaba de su pasado, ni contaba que había decidido hacía mucho tiempo que nunca se casaría ni sería padre. Y no había cambiado de opinión al respecto.

Unos golpes en la puerta lo sacaron de sus pensamientos y miró el reloj. Eran exactamente las tres. Irritado, Ryan pensó que era tan puntual como siempre. Lo cierto era que le gustaba la puntualidad. No le gustaba perder el tiempo esperando a alguien, sobre todo cuando tenía una reunión. Así que, ¿por qué no le parecía bien que llegara todos los viernes a las tres de la tarde?

–Pasa, Laura.

Al cruzar la habitación en dirección a la silla que siempre ocupaba en su reunión semanal, Ryan la miró de arriba a abajo y se preguntó por qué se hacía eso. ¿Pensaba que era así como debía vestir una abogada?

Era evidente que podía ser una mujer muy atractiva si quisiera. Tenía buen tipo y un rostro interesante, de mejillas marcadas y extraños ojos de color gris. Su mirada resultaba tan fría como el Ártico, sobre todo cuando se fijaba en él.

Esta vez, Ryan la miró con cierta lástima, en vez de con la fría indiferencia con la que solía hacerlo. Eso hizo que ella se detuviera por un segundo para mirarlo.

–¿Qué? –dijo él.

–Nada –contestó ella y sacudió la cabeza–. Lo siento. Pongámonos a trabajar, ¿de acuerdo?

Se sentó, cruzó las piernas y se inclinó hacia delante para recoger el primero de los contratos que estaba al borde de la mesa a la espera de su aprobación.

Se trataba de una interesante póliza de seguro que él mismo había negociado para un joven jugador de tenis con el que Win-Win había firmado el mes anterior. Una parte importante del trabajo de Ryan era la negociación de todo tipo de contratos, que luego eran revisados por una de las mejores mentes jurídicas de Sídney, la de Laura.

No era empleada de Win-Win. Ryan no necesitaba un abogado en plantilla. Laura trabajaba para Harvey, Michaels y Asociados, una firma de abogados americana, con oficinas en Sídney, y que estaba instalada en el mismo edificio que la empresa de Ryan.

Al principio, le habían enviado un joven abogado, un profesional inteligente, pero muy mal conductor. Había chocado su coche contra un árbol. Cuando la firma de abogados sugirió que una mujer lo sustituyera, a Ryan no le había gustado la idea puesto que tenía treinta años y estaba soltera. Pero en cuanto la había conocido, se había dado cuenta de que no había posibilidades de enamorarse de ella.

Seguía sin ser un problema en ese aspecto. Podía ser una mujer muy irritante en algunas ocasiones. Ryan no estaba acostumbrado a que los miembros del sexo contrario lo trataran con tanta indiferencia. Le molestaba a su ego masculino. A veces su falta de interés parecía rozar la aversión. A veces, se le pasaba por la cabeza que quizá no le interesaban los hombres, pero no tenía pruebas de ello. Más bien parecía que alguna mala experiencia, había hecho que odiara a los hombres. O eso, o que ningún hombre había sido capaz de atravesar su capa exterior.

Dos semanas atrás, en un día en el que se había mostrado especialmente distante, había sentido el impulso de tomarla entre sus brazos y besarla para comprobar si era capaz de provocarle alguna reacción.

Por supuesto que se había contenido. Ryan sabía que si hacía eso se metería en problemas. Además, ya controlaba su testosterona, al menos, en teoría. Una sonrisa traviesa asomó a sus labios al recordar lo que le había hecho en su cabeza y lo ávidamente que había respondido.

–¿Qué es tan divertido?

Ante aquella pregunta, Ryan apartó sus pensamientos. Laura no solía darse cuenta de las cosas cuando estaba leyendo un contrato. No solía levantar la cabeza hasta que terminaba. Todo parecía indicar que apenas había leído los dos primeros folios de un documento de cinco.

–No tiene nada que ver contigo, Laura –mintió–. Estoy deseando que llegue el fin de semana. Voy a salir a navegar mañana con unos amigos.

Era cierto. Erica pasaría el fin de semana en Melbourne, participando en una conferencia.

El suspiro de Laura también lo sorprendió.

–¡Qué afortunado! –exclamó.

Parecía sentir envidia.

–¿Quieres venir?

La invitación salió de su boca sin poder evitarlo.

Ella parpadeó sorprendida, antes de volver los ojos al contrato.

–Lo siento –dijo bruscamente–. Este fin de semana estoy ocupada.

Había tenido suerte. ¿Qué le había llevado a invitarla? Aun así, su ego se sentía afectado al no haberle dicho un no rotundo. Quizá no fuera tan indiferente a sus encantos como parecía.

Ryan sabía que gustaba a las mujeres, como todo hombre alto, guapo y con éxito. No le gustaba la falsa modestia.

Dejó que siguiera leyendo el contrato sin interrumpirla, pero su cabeza seguía activa, al igual que su mirada.

Tenía unas piernas preciosas. Le gustaban las mujeres con las pantorrillas torneadas, los tobillos finos y los pies pequeños. Los pies de Laura eran bastante pequeños para su altura. Era una lástima que llevara unos zapatos tan feos.

Su pelo también era muy bonito, oscuro, largo y brillante. Seguro que sería fabuloso esparcido sobre una almohada...

Vaya, otra vez lo estaba haciendo, otra vez estaba teniendo fantasías con ella. Tenía que parar aquello.

Dio la vuelta a la silla, poniéndola hacia la ventana, y se quedó mirando hacia el puerto. Siempre le había parecido una vista muy relajante y una de las razones por las que había alquilado oficinas en aquel edificio. Otro de los motivos era que estaba a dos manzanas del apartamento en el que vivía y que también tenía vistas hacia el puerto.

Nada más retirarse del fútbol, lo primero que había echado de menos había sido pasar la mayor parte de su tiempo en el exterior. Odiaba la sensación de estar encerrado. Le gustaba sentir espacio a su alrededor y ver el cielo. Recientemente había descubierto que también le gustaba el mar. De pequeño, nunca lo habían llevado a la playa y no había aprendido a nadar hasta los veinte años, obligado a meterse en una piscina para recuperarse de una lesión.

A su vuelta a Sídney, se había sentido muy atraído por el mar, y eso le había llevado a vivir y trabajar junto al puerto. Hacía poco que había descubierto su pasión por navegar y estaba pensando en comprar un barco.

Aquella tarde había muchos barcos en el puerto. El invierno había dado paso por fin a la primavera. Después de dos meses de intensa lluvia sobre Sídney, el cielo volvía a verse azul.

Sus ojos se posaron en un barco que estaba pasando por Bennelong Point, camino al mar abierto. Era un yate, un juguete caro para alguien con mucho dinero.

«Quizá compre uno de esos», pensó Ryan.

Podía permitírselo. Win-Win no era la única fuente de ingresos de Ryan. Durante sus años como portero, había invertido la mayor parte de su sueldo en propiedades. Antes de retirarse, ya era dueño de unas doce casas, todas ubicadas en zonas de Sídney en donde los alquileres eran altos.

A Ryan no le gustaba hablar de su patrimonio. Sabía que no debía presumir de lo que se tenía. Tenía un pequeño grupo de amigos y no todos ellos eran multimillonarios como él. Disfrutaba de su compañía y no quería hacer nada que pudiera estropear su amistad. Claro que ahora que la mayoría estaban casados, no los veía tanto como solía, pero seguían viéndose de vez en cuando para ir al fútbol o a las carreras.

Ninguno de ellos tenía un barco. Los amigos con los que Ryan iba a salir a navegar al día siguiente no eran amigos de verdad. Eran regatistas a los que había conocido a través de su trabajo y que le habían estado enseñando vela.

–No encuentro ningún error –dijo Laura como si le molestara no haberlo hecho.

Ryan volvió a girar su silla para mirarla.

–¿Estás segura?

Lo habitual era que Laura le propusiera cambios. Solía encontrar lagunas legales que no favorecían a su cliente.

–Quizá debería revisarlo otra vez.

Ryan se sorprendió ante aquella sugerencia tanto como se había sorprendido con la manera en que lo había mirado antes. No parecía ella. Había logrado quitarse de la cabeza aquellas imágenes que tanto lo habían distraído y ahora era ella la que estaba distraída.

¿Qué le habría pasado para no poderse concentrar en el trabajo? Tenía que ser algo serio.

Sintiendo curiosidad, Ryan decidió intentar averiguarlo.

–No hace falta que lo hagas –dijo–. Estoy seguro de que está bien. ¿Por qué no le echas un vistazo rápido a esos dos contratos? Son solo unas renovaciones. Luego, daremos el día por terminado y te invitaré a una copa en el bar Ópera.

Si conseguía que se relajara, quizá se mostrara más abierta.

De nuevo, lo sorprendió al no negarse en rotundo. Pero tampoco dijo que sí. Cada vez sentía más curiosidad.

–Mira, no te estoy pidiendo una cita –continuó–, tan solo salir a tomar algo. Muchos compañeros de trabajo quedan para tomar algo los viernes por la tarde.

–Lo sé.

–Entonces, ¿cuál es el problema?

Otra vez se quedó pensativa.

–Mira –continuó decidido–, me doy cuenta de que no te caigo bien. No, Laura, no hace falta que lo niegues. No lo has disimulado en los dos últimos años. Confieso que tampoco he hecho nada por ser amable contigo. Pero cualquier hombre, por indiferente que fuera, se daría cuenta de que hoy no estás siendo tú misma. Por raro que te parezca, estoy preocupado por ti. De ahí mi invitación. Pensé que te vendría bien relajarte con una copa de vino y contarme lo que te pasa.

–Aunque te lo contara –replicó con mirada triste–, no hay nada que puedas hacer.

–Deja que sea yo el que lo juzgue.

Ella rio, pero no había alegría en su expresión.

–Seguramente te enfadarás conmigo.

–Eso suena muy misterioso. Ahora no acepto un no por respuesta. Vamos a ir a tomar algo y vas a contarme de qué va todo esto.

Laura sabía que era una estupidez sentirse halagada por su preocupación. Y más aún acceder a tomarse una copa con él en el bar Ópera.

El bar Ópera era el lugar al que ir después del trabajo en la zona de oficinas de Sídney. Estaba cerca del muelle y tenía una de las mejores vistas de la ciudad, con la Ópera a la derecha, el muelle circular a la izquierda, el puente sobre la bahía en frente, además del puerto. La mitad de la plantilla de Harvey, Michaels y Asociados se reunía todos los viernes por la noche. Incluso Laura se unía a ellos de vez en cuando. Sabía que se produciría un gran revuelo si la veían bebiendo allí en compañía de Ryan Armstrong.

Entonces, ¿por qué había accedido? Aquella pregunta no dejó de atormentarla de camino al muelle.

Cuando llegaron al bar, Laura seguía sin dar con la respuesta. Al menos, habían llegado pronto, evitando así encontrarse con compañeros.

Alison diría que estaba enamorada de él. Claro que Alison era una romántica empedernida, adicta a películas en las que los protagonistas se odiaban nada más conocerse, pero que al final acababan enamorados.

A Laura no le gustaban aquellas historias. Cuando alguien no le gustaba, no le gustaba y punto. Nunca le había caído bien Ryan Armstrong y mucho menos le gustaba.

Sí, era guapo, inteligente y tenía éxito. Diez años antes, lo habría encontrado fascinante. Sin embargo, en aquel momento era inmune a los encantos de un hombre atractivo, que se aprovechaba de las mujeres y lo único que les daba a cambio era el dudoso placer de su compañía. Laura había estado saliendo con dos hombres así y había desarrollado un sexto sentido para reconocerlos.

Ryan Armstrong había hecho saltar las alarmas de su cabeza nada más conocerlo, motivo por el que los viernes no se arreglaba tanto como solía.

No le preocupaba que estuviera fingiendo. Desde el principio había sido evidente que no le caía mejor que él a ella. Por eso le había sorprendido que fuera amable con ella ese día. La había pillado desprevenida dos veces y allí estaba, a punto de tomarse unas copas con él.

–Sentémonos fuera –dijo.

Salieron a la zona exterior. El sol todavía brillaba y

calentaba lo suficiente como para contrarrestar el fresco de la brisa.

–¿Qué quieres beber? –preguntó Ryan.

Luego, le apartó la silla de una mesa que estaba cerca del agua.

–Bourbon con Coca-Cola –contestó.

Ryan arqueó las cejas asombrado, pero no dijo nada y volvió al interior para pedir las bebidas.

A solas, Laura tuvo tiempo de pensar y preocuparse. No solo de su reputación, sino de la confesión que Ryan esperaba sonsacarle. De ninguna manera iba a dejarse seducir por Ryan Armstrong.

Todavía no podía creerse la estupidez que había cometido. Y ahora, le había salido el tiro por la culata. No había imaginado que los doctores se equivocarían y que su abuela saldría del coma y recordaría cada palabra que su nieta le había dicho mientras esperaba junto a su cama. Las intenciones de Laura habían sido buenas en aquel momento, pero ¿qué importaba eso ahora? Un suspiro escapó de sus labios.

Al ver a Ryan acercándose a la mesa con las bebidas, recordó por qué lo había elegido para mentirle a su abuela. En primer lugar porque era muy guapo. Su abuela siempre le había dicho que le gustaban los hombres que parecían hombres. Siempre le había aconsejado que se alejara de los hombres presumidos sin personalidad.

A Laura nunca le había gustado la manía de su abuela de juzgar superficialmente al sexo contrario. Aunque quizá debería haberla escuchado porque los dos hombres que le habían roto el corazón habían sido unos presumidos.

–Acaban todos calvos –le había dicho.

Ryan no era ningún presumido. Todas las facciones de su rostro eran grandes y masculinas. Tenía la frente ancha, una nariz aquilina y un mentón marcado con un hoyuelo en la barbilla. Tenía el pelo castaño oscuro, con un corte a lo militar y no corría riesgo de quedarse calvo.

Por alguna razón, a su abuela le gustaban los hombres de ojos azules.

Ryan los tenía azules, pero bajo sus cejas pobladas y a distancia parecían negros. De cerca, reflejaban una dureza que seguramente le vendría muy bien en sus negociaciones.

Su cuerpo también habría recibido el visto bueno de su abuela, al ser alto y de hombros anchos. Tenía músculos en los sitios adecuados. Laura solo lo había visto vestido con trajes, como el que llevaba ese día. Alguna vez lo había visto sin chaqueta, con las mangas de la camisa remangadas, y no había ninguna duda de que estaba en forma.

No era extraño que lo hubiera elegido como su hombre perfecto imaginario, pensó mientras observaba a Ryan acercándose a ella. No solo tenía un gran físico, sino que tenía estabilidad económica, era encantador cuando quería y lo suficientemente mayor como para tener experiencia en la vida.

Su abuela decía que una mujer no debía casarse con un hombre de su edad.

–Los hombres maduran mucho más tarde que las mujeres –le había advertido siempre su abuela–. Necesitan experimentar antes de sentar la cabeza.

Claro que cuando le había hablado a su abuela de Ryan, junto a su cama en el hospital, no le había mencionado lo experimentado que estaba. Seguramente no le parecería bien que un hombre cambiara más veces de mujer que de calzoncillos.

Lo cierto era que a Laura le sorprendía que hubiera mujeres deseando tener una relación con Ryan Armstrong, si se le podía llamar relación a lo que tenía con las mujeres.

Ryan sonrió al dejar las bebidas en la mesa y Laura reparó en lo peligrosamente atractivo que podía ser.

–He decidido tomar lo mismo que tú –dijo y le dio un sorbo a su bourbon con Coca-Cola–. ¡Salud!

Laura alzó su copa y la chocó con la de él. Luego, dio un trago largo. Sus miradas se encontraron por encima del borde de sus copas. La de él parecía divertida, mientras que la de ella era tan fría como de costumbre. Pero bajo su chaqueta, Laura sintió que su corazón empezaba a latir más deprisa. Quizá no fuera tan inmune a los encantos de aquel hombre como había imaginado. Pero no era para preocuparse por ello.

Aun así, desvió la vista hacia el puerto. Era un sitio espectacular, especialmente en una tarde cálida de primavera. Había muchos barcos en el agua, lo que hacía las delicias de los turistas que estaban tomando fotos del puente y de la Ópera.

–Sídney es una ciudad preciosa, ¿verdad? –dijo Laura con orgullo.

–Sí que lo es. Solo tienes que haber vivido en otros países para darte cuenta de la suerte que tenemos.

–Parece como si hubieras vivido en muchos países.

Ryan se encogió de hombros.

–Sí, en bastantes. Pero no hablemos ahora de eso. Cuéntame qué es lo que te preocupa y que tan alterada te tiene hoy.

–No estoy alterada.

–Laura, estás aquí tomando una copa conmigo. Eso es prueba suficiente de que algo te pasa. Así que deja de negarlo. Teniendo en cuenta que nunca cometes errores profesionales, tiene que ser un problema personal. Y sospecho que de alguna manera estoy implicado, ¿me equivoco?

–No –contestó.

No veía motivos para mentir. Era evidente que Ryan iba a seguir insistiendo hasta que conociera todos los detalles, así que respiró hondo antes de comenzar su relato.

–Es una larga historia, así que ten paciencia conmigo.

Paciencia no era uno de los fuertes de Ryan. Pero no dijo ni una palabra. Su expresión era de interés sincero.

Seguramente, en cuanto supiera el papel que desempeñaba en aquel desastre, se sentiría de otra manera.

–Hace dos semanas mi abuela sufrió una caída y terminó en coma en el hospital. No en un hospital de Sídney, sino de Newcastle. Vive en Hunter Valley. Nos dijeron que seguramente no sobreviviría. De hecho, los médicos no confiaban en que superara la noche. Así que me senté a su lado toda la noche y, como no quería dormirme y dejarla sola, no dejé de hablarle. Y como pensé que no importaba, empecé a decirle todas las cosas que siempre había querido oír, que había encontrado al hombre perfecto y que era muy feliz. Me vi obligada a inventarme una historia para seguir rellenando tiempo. Por desgracia, nunca he tenido una gran imaginación. Así que pensé en todos los hombres que conocía y elegí al que mejor cumplía la descripción del hombre perfecto desde el punto de vista de mi abuela.

–Dios mío –dijo él incorporándose–. Te refieres a mí, ¿verdad?

–Por desgracia, sí –admitió a regañadientes.

–No puedo negar que me resulta divertido. No es que me haga gracia lo que le ha pasado a tu abuela. Me caen bien las abuelas –dijo y su mirada se enterneció–. Creo que se me escapa algo –continuó él, arrugando la frente–. ¿Qué daño podía causarte inventarte al hombre perfecto en el lecho de muerte de tu abuela? Sinceramente, me parece que hiciste algo muy bonito.

Laura suspiró.

–Bonito, pero estúpido. Debería haberme imaginado que mi abuela lo superaría. Siempre ha sido muy luchadora. No solo lo ha superado, sino que recuerda todo lo que le dije mientras se suponía que estaba inconsciente. Bueno, quizá exagere un poco, pero se acordaba perfectamente de que le dije que había conocido al hombre perfecto y que se llamaba Ryan Armstrong. Ahora que ha salido del hospital quiere que te lleve a conocerla este mismo fin de semana.

–Por supuesto –dijo Ryan y volvió a reír.

–No te rías. No es divertido, todavía no está bien. Los médicos descubrieron que le había fallado el corazón y seguramente fue por eso por lo que se cayó. Nos han advertido de que puede volver a ocurrirle y que incluso puede sufrir un infarto. Le hicieron pruebas en el hospital y sus arterias no parecen estar en buen estado. Pero se niega a someterse a un bypass. Dice que ha tenido una vida agradable y que está lista para marcharse.

–Vaya. Te has metido en un lío, ¿verdad?

–Así es, pero no es tu problema. Te lo he contado porque has insistido.

–Y ¿qué vas a hacer?

–Intentaré retrasarlo todo lo que pueda. Me inventaré alguna excusa para justificar que no vayas a verla este fin de semana, algo como que te ha surgido un viaje o que te has puesto enfermo. Pero no puedo decir siempre lo mismo. Al final, tendré que contárselo, pero no quiero mentirle sobre nuestra relación. Se sentiría defraudada. Le diré que las cosas entre nosotros no funcionaron.

–Puedes decirle que no quería casarme contigo. Lo cual es cierto –agregó sonriendo.

–Muy divertido.

–Lo es si te paras a pensar en ello. No puedo imaginarme a nadie que hiciera peor pareja.

–Eso no lo sabe mi abuela.

–Cierto. Entonces, solo hay otra solución a tu problema.

–No sé cuál.

–Por supuesto que no lo sabes, no tienes imaginación.

Laura puso los ojos en blanco.

–Entonces, dime de qué se trata, listillo.

–Puedo ir este fin de semana a casa de tu abuela y fingir que soy tu hombre perfecto.

Laura estuvo a punto de derramar lo que le quedaba de bebida, pero enseguida recuperó la compostura.

–¿Y para qué ibas a hacer algo tan generoso, a la vez que patético?

Capítulo 2

PARA QUÉ?, se pregunto Ryan mientras apuraba su bebida.

Debía de ser porque la idea le resultaba divertida, especialmente que Laura tuviera que pretender ser su novia.

Pero no podía decirlo. Además, había otra razón que podía convencer a la sorprendentemente sentimental Laura.

–Como ya te he dicho antes –dijo él–, las abuelas despiertan en mí ternura. La mía fue maravillosa conmigo. No sé qué habría hecho sin ella.

Sin ninguna duda, no habría tenido éxito en la vida. Era ella la que lo había llevado a jugar al fútbol con trece años y así había terminado convirtiéndose en portero. Le había hecho creer que podía superar cualquier cosa y convertirse en lo que quisiera.

–Murió antes de que pudiera darle la vida que se merecía –añadió.

No se había dado cuenta hasta después de su muerte de lo mucho que había hecho por él y de lo que significaba en su vida. En aquel momento era un joven egoísta de veintidós años que acababa de firmar su primer contrato con un equipo inglés de la liga de primera división. No había vuelto a Australia para el funeral de su abuela y después se había arrepentido.

Le había conmovido que Laura hubiera pasado la noche junto a la cama de su abuela para que no muriera sola. Era evidente que la anciana significaba mucho para ella.

–Está claro que estás muy unida a tu abuela –dijo él.

–Así es –replicó Laura, emocionada–. Me crió después de que mis padres murieran en un accidente de avión.

–Entiendo.

A él también lo había criado su abuela después de que su madre muriera, pero no quería pensar en eso en aquel momento.

–¿Qué contestas a mi sugerencia? –preguntó sin demasiado entusiasmo.

Era muy tarde para retirar su ofrecimiento.

–Tengo que confesar que me siento tentada, pero no creo que podamos fingir que nos queremos. Ni siquiera nos caemos bien.

–Cierto.

–No tienes por qué estar de acuerdo conmigo –dijo ella–. ¿Qué es exactamente lo que no te gusta de mí?

–¿No querrás que te lo diga, verdad?

–Por supuesto que sí.

–Muy bien, tú lo has querido. En primer lugar, tu aspecto.

–¡No le pasa nada a mi aspecto!

Ryan enarcó una ceja y al instante, ella se sonrojó.

–Después, tus modales.

–¿Qué pasa con mis modales?

–Bueno, reina del hielo es una buena definición –dijo y continuó–: Si pudiera convencerte de que llevaras el pelo suelto de otra forma, sería estupendo. ¿Crees que podría hacerlo?

–No voy a hacer lo que tú quieras, Ryan Armstrong.

–Y por último, la principal razón por la que no me caes bien es porque no te caigo bien. ¿Por qué no?

–¿No querrás que te lo diga, verdad?

Ryan sonrió. Quizá no tuviera imaginación, pero sí una lengua afilada.

–Lo cierto es que no creo que me caigas mal. Eres una compañía muy agradable.

Laura no dijo nada y se limitó a dirigirle otra de sus miradas cortantes.

–¿Tienes novio, Laura? –preguntó bruscamente.

–No seas ridículo. ¿Crees que si tuviera novio estaría en esta tesitura?

–Tener novio no quiere decir que hayas encontrado al hombre perfecto. Pero déjame que te lo pregunte de otra manera: ¿te acuestas con alguien?

Sus ojos se volvieron aún más fríos.

–No tengo novio en este momento.

–Ah.

–¿Qué significa ese «ah»?

–Nada, tan solo «ah».

–Lo dudo. No crees posible que pueda tener novio, ¿no? Crees que soy demasiado fría.

Tenía razón, pensó Ryan fascinado. Daría lo que fuera por derretir parte de ese hielo.

Tenía que tener cuidado con ella durante el fin de semana.

–Lo que creo es que algún hombre te ha hecho daño en el pasado y tienes una opinión equivocada del sexo masculino.

Por cómo abrió los ojos, adivinó que estaba en lo cierto.

–Muchas mujeres guapas a las que les han hecho daño, tratan inconscientemente de hacer cosas que las hagan menos atractivas para que no vuelvan a fijarse en ella. Algunas cambian su aspecto engordando, otras visten tratando de disimular su femineidad. Lo que me parece...

El sonido de su teléfono lo interrumpió.

–Discúlpame –dijo sacando el teléfono y fijándose en la pantalla para ver quién lo llamaba.

Maldita fuera. Era Erica.

Laura agradeció la interrupción. La descripción que estaba haciendo Ryan se parecía demasiado a la realidad. Inconscientemente, sabía por qué se estaba comportando de aquella manera, pero ningún hombre se lo había dicho a la cara.

No le gustaba. La hacía sentirse débil y vulnerable, incluso cobarde, aunque no lo era, ¿no?

La idea la atormentaba. Alison siempre le estaba diciendo que debía volver a dar una oportunidad a los hombres. Pero ¿qué sabía Alison? Estaba casada con un gran hombre, fiel y cariñoso, que nunca haría nada que la hiciera sufrir. Nunca conocería el dolor que se sentía cuando le partían el corazón no uno, sino dos hombres. Laura sabía que no podía arriesgarse a sufrir esa clase de dolor porque, si le ocurría una tercera vez, estaba segura de que no lo soportaría.

Tenía que admitir que en ocasiones se sentía muy sola. A veces le gustaría que su vida hubiera sido diferente. Si hubiera encontrado a alguien honesto cuando era más joven... Las experiencias de la vida la habían vuelto más dura, a la vez que más sensata. En la actualidad, cada vez que conocía a un hombre atractivo, no se dejaba engañar por su aspecto.

Sabía que Ryan Armstrong era de la clase de hombres que le rompían el corazón a una mujer y no le quitaba el sueño.

Pero no era tan malo, admitió mientras lo miraba por encima del borde de su copa. Era evidente que podía ser amable.

–Hola –dijo en el teléfono–. ¿Cómo van las cosas?

Se había dado la vuelta para hablar, pero Laura podía oírlo con claridad. El bar estaba empezando a llenarse, pero todavía no había demasiado ruido y la música no había empezado a sonar.

–Así que aburrido, ¿eh? –continuó Ryan–. No, estoy en el bar Ópera tomando una copa con alguien del trabajo.

Laura frunció el ceño, consciente de que Ryan estaba siendo evasivo con quien fuera que estuviera hablando por teléfono. ¿Sería su novia? Seguramente tendría una. Por lo que tenía entendido, siempre tenía alguna relación. Se le habría olvidado cuando se había ofrecido a fingir ser su media naranja.

¿Qué pensaba decirle a su novia si aceptaba su sugerencia? No se imaginaba que hubiera ninguna mujer a la que le pareciera bien que su novio se hiciera pasar por el novio de otra, por muy inocente que fuera la situación.

–Te llamaré esta noche, cariño –oyó que decía, confirmando sus sospechas de que hablaba con su novia–. Adiós.

Colgó y volvió a girarse para mirarla.

–¿Por dónde íbamos? –preguntó, guardándose el teléfono.

Laura decidió echar un jarro de agua fría.

–No creo que a tu novia le guste la idea de que te hagas pasar por el novio de otra. ¿O acaso pensabas no contárselo?

Su mirada se volvió más fría que la de ella.

–Erica no es mi dueña, Laura. Además, este fin de semana se ha ido a una conferencia a Melbourne.

–¿Quieres decir que ojos que no ven, corazón que no siente?

–Lo cierto es que iba a contárselo luego, cuando la llame esta noche.

–Sí, claro –dijo Laura sin poder disimular la ironía en su voz.

Por su experiencia, el segundo rasgo que caracterizaba a los hombres como Ryan era mentir a sus novias.

–Sí, de verdad. Pero ya veo que no me crees.

–¿Acaso importa lo que crea? Bueno, de todas formas da igual, porque he decidido no aceptar tu oferta.

–¿Y por qué?

–Porque daría lugar a mayores complicaciones. Mi abuela cumplirá ochenta años dentro de poco. Si su salud mejora, mi familia querrá organizar una fiesta y ella querrá que vaya con mi nuevo novio para conocerlo. Sinceramente, no puedo pretender que pases por eso también. No dejarían de preguntarnos cuándo nos casaríamos. Sería una bola de nieve que cada vez se haría más grande. Será mejor que vaya a casa este fin de semana y diga que hemos roto.

Ryan se encogió de hombros.

–Si eso es lo que quieres hacer, de acuerdo. Pero a Erica no le importará.

–Si crees eso, es que no conoces bien a las mujeres. Creo que ahora debería irme –añadió, preocupada porque en cualquier momento empezara a llegar gente del trabajo–. Gracias por la copa y por el ofrecimiento. Ha sido muy amable de tu parte, pero no es una buena idea.

Se terminó la bebida y se levantó.

–Te veré el viernes que viene a las tres.

–Escucha –comenzó Ryan antes de que pudiera escaparse–, voy a darte mi número de móvil para que me llames en caso de que cambies de opinión. ¿Tienes un bolígrafo en el bolso? Seguro que sí –añadió sonriente.

–Sí, pero...

–Tan solo apúntalo, Laura. Uno nunca sabe.

–Está bien –dijo y anotó el número en el reverso de una de sus tarjetas.

Luego, buscó la salida, aliviada al no haberse encontrado con nadie del trabajo. Cuando llegó al muelle, tomó el ferry para volver a casa y se sentó en un rincón, contenta de volver a estar a solas con sus pensamientos.

Una vez su cabeza se tranquilizó y los latidos de su corazón se estabilizaron, Laura supo que había tomado la decisión correcta al rechazar el ofrecimiento de Ryan. Era ridículo, por muy tentada que se sintiera.

Además, sería muy difícil mantener aquella farsa, siendo tan evidente que no se llevaban bien. Sí, había hecho lo correcto. Pero todavía se estremecía ante la idea de decirle a su familia que era mentira que hubiera encontrado a su hombre perfecto. Tenía su orgullo.

No, haría lo que había pensado hacer en un principio: pondría alguna excusa por la que Ryan no había podido acompañarla ese fin de semana. Más adelante, si su abuela continuaba mejorando, diría que habían roto porque Ryan no quería casarse. Eso también salvaría su orgullo. Si su abuela no se recuperaba, pensó Laura con el corazón en un puño, entonces no importaría. Al menos, moriría feliz.

Después de que el ferry atracara en Manly Wharf, Laura empezó a subir la colina que llevaba a su casa. La decisión estaba tomada. Habría sido muy gratificante haber vuelto a casa del brazo de un hombre como Ryan solo por ver la cara de sus tíos, que nunca dejaban de pasar la ocasión sin recordarle lo poco afortunada que era con los hombres.

Lo cierto era que no la apreciaban. Su tío Bill la había tomado con ella desde el momento en que había ido a vivir a casa de sus abuelos y su madre había preferido a aquella nieta antes que al hijo que Cynthia y él habían tenido.

Aquello no debía ser una sorpresa, pensó Laura, puesto que todos los hombres de la familia Stone eran odiosos, especialmente su abuelo. Jim Stone había sido un machista de primer orden. Lo habían seguido su hijo y su nieto, en la convicción de que eran superiores y de que las mujeres existían para satisfacer todas sus necesidades. Después de vivir en casa de sus abuelos, Laura había comprendido por qué su madre se había ido de casa en cuanto había tenido edad suficiente y por qué había acabado casándose con un hombre como su padre quien, además de ser un hombre fuerte, también era compasivo y atento en su trato con los demás, sobre todo con las mujeres. Había sido abogado y Laura lo había querido mucho.

Sin embargo, nunca había soportado a su abuelo y apenas había sentido su muerte. Incluso después de muerto, su abuelo Jim había conseguido enfadarla, dejando todos sus bienes a su hijo en vez de a su esposa. Había intentado convencer a su abuela para que impugnara el testamento, pero se había negado diciendo que no le importaba porque Bill le había prometido cuidar de ella hasta su muerte.

En opinión de Laura, eso no era suficiente. La casa en la que su abuela había vivido durante los últimos cincuenta años debía ser suya. Sin embargo, parecía relegada al papel de la pariente necesitada, dependiente de la caridad de su hijo. Todo lo que le había quedado a su abuela era una pensión miserable de veinte mil dólares al año. Pero Laura había hablado con su tío y lo había convencido de que subiera la cantidad al menos hasta cuarenta mil, bajo la amenaza de que, si no lo hacía, usaría todo su poder e influencia hasta conseguir que su abuela impugnara el testamento.

Naturalmente, su insistencia no había caído bien, pero al menos su tío había hecho lo que le había pedido. Claro que él había hecho creer a los demás que había sido su idea y Laura no había querido decir nada al ver lo contenta que se había quedado su abuela, probablemente porque nunca nadie la había tratado tan bien. Varias veces en los cinco años que habían transcurrido desde la muerte de su abuelo, Laura había intentado convencer a su abuela de que se fuera a vivir con ella a Sídney, pero no había tenido éxito. Decía que era una mujer de campo y que no sería feliz viviendo en la ciudad.

«Y no es que mi casa no sea acogedora», se dijo Laura al abrir la puerta de la valla de su casa.

Era una casa de tres dormitorios que había pertenecido a sus padres y que había heredado tras su trágica muerte. Su abuelo había intentado venderla al irse a vivir con ellos, pero su abuela, que había sido la albacea del testamento, no había dado su consentimiento para hacerlo. Así que los muebles fueron guardados y la casa alquilada hasta que Laura volvió a Sídney para estudiar en la universidad, momento en el que tomó posesión de la casa.

Desde entonces, había sido feliz viviendo allí.

Laura metió la llave en la puerta principal, consciente de que, en cuanto abriera la cerradura, Rambo aparecería por el pasillo, maullando a la espera de su comida.

Y así fue. Dejó el bolso en la mesa de la entrada, tomó al gato en brazos y lo acarició.

–¿Qué tal tu día? –preguntó dirigiéndose a la cocina.

Una vez en la cocina, dejó a Rambo en el suelo y se dispuso a servirle su comida favorita. Acababa de tirar a la basura la lata de carne cuando su teléfono sonó. Al no ser el móvil, supuso que no era Alison ni ningún compañero de trabajo. Las únicas personas que conocían su teléfono fijo eran los televendedores y su familia.

Laura descolgó el teléfono de la pared de la cocina.

–¿Hola?

–Por fin doy contigo –dijo su tía Cynthia al otro lado de la línea–. Te llamé antes, pero no estabas.

Laura miró el reloj de la pared. Eran solo las cinco y media. Rara vez volvía a casa antes de las seis los viernes.

–Podías haberme llamado al móvil –dijo Laura–. Te di el número.

–Bill dice que no llame a móviles. Dice que las llamadas cuestan una fortuna.

Laura suspiró.

–Ya no, tía Cynthia. De todas formas, ¿qué querías? No le pasa nada a la abuela, ¿verdad?

–No, tu abuela está bastante bien. Te llamo porque me lo ha pedido Shane.

Shane era su único hijo y había heredado las cualidades de los hombres de la familia Stone. No había dejado de fastidiar a Laura desde el día en que se fue a vivir con sus abuelos. Su familia había vivido en la casa de al lado. Por suerte, al acabar la escuela primaria, su abuela la había mandado a un colegio privado en Sídney, algo que siempre había agradecido. Su abuelo había protestado al principio diciendo que era muy caro, pero su abuela había insistido, alegando que el coste podía ser asumido por la herencia de Laura. Sus padres habían contratado buenos seguros de vida que, al morir en un accidente, habían duplicado su cuantía.

Laura había disfrutado mucho del colegio, no así de las vacaciones. Su primo siempre se había encargado de fastidiárselas. Había que admitir que con la edad había cambiado, especialmente desde que se casara con una mujer que no toleraba su comportamiento grosero. Lo cierto era que la última vez que se habían visto, la había sorprendido siendo muy amable con ella. Pero no acababa de imaginar por qué le había pedido a su madre que la llamara.

–¿Qué quiere?

–Quiere saber si tu nuevo novio es el mismo Ryan Armstrong que fue portero de fútbol hace unos años. Su padre dice que no es probable, teniendo en cuenta que sale contigo, pero le prometí que te preguntaría. Shane dice que, si es, le gustaría conocerlo.

–¿Y si no lo fuera?

–¿Cómo?

Laura apretó los labios. Ciertamente eran una familia peculiar.

–Ryan es, o más bien era, un conocido portero.

Lo sabía porque uno de sus compañeros de trabajo al que le apasionaban los deportes, le había hablado del éxito internacional de Ryan.

–¡No puedo creerlo! –exclamó su tía–. Shane se va a poner muy contento. Ya sabes cuánto le gusta el fútbol.

Lo cierto era que Laura no lo sabía. Apenas se había relacionado con Shane en los últimos años.

–Debo reconocer que me sorprende que te hayas echado novio y más aún, que sea alguien famoso. Precisamente le estaba diciendo a Bill el otro día que ibas a acabar convirtiéndote en una solterona. No es que seas fea, pero no tienes suerte. Eres demasiado tajante con tus opiniones y a los hombres no les gusta eso, ya sabes. Y tu manera de vestir... Bueno, no es muy femenina. Pero supongo que todo el mundo tiene una media naranja. Y ¿cuántos años tiene ese señor Armstrong? Seguro que no es joven.

Laura no pudo decir nada. Se había quedado sin palabras tras los comentarios de su tía.

Pero mientras trataba de encontrar qué decir, Laura tomó la decisión de no ir sola a aquella casa al día siguiente. ¡De ninguna manera!

–Si te digo la verdad, tía –dijo por fin–, no sé cuántos años tiene Ryan exactamente. Calculo que treinta y muchos.

–Deberías saber cuántos años tiene tu novio. ¿Cuánto tiempo dices que llevas saliendo con él?

–Hace un par de años que nos conocemos por asuntos de trabajo, pero hemos empezado a salir hace poco.

–O sea, que la cosa todavía no va en serio.

–Va muy en serio. No creerás que vendría a casa para conocer a la abuela si no fuera en serio, ¿verdad?

–¿Cómo? Ah, no, claro que no. ¿A qué hora crees que llegaréis?

Laura cerró los ojos y rezó para que Ryan no cambiara de opinión.

–Alrededor del mediodía.

–¿Podría ser un poco más tarde? –dijo su tía–. Digamos a eso de las tres. Así no tendré que preparar la comida, además de la cena y la comida del día siguiente. Es demasiado trabajo.

–No pensábamos quedarnos a pasar la noche –protestó Laura.

–No seas tonta, claro que sí. Ya he comprado la comida y el vino. Además, tu abuela quiere que te quedes el fin de semana, no solo unas horas. No querrás disgustarla, ¿verdad?

–No, claro que no –contestó Laura.

Su cabeza empezó a dar vueltas. ¿Cómo demonios iba a mantener aquella farsa tantas horas? ¿Y si Ryan se negaba a ir con ella? El que le hubiera dado su número de teléfono no era garantía de que dijera que sí una segunda vez.

–Entonces, te veremos mañana a las tres, ¿verdad?

–De acuerdo –convino Laura.

–Y una cosa más, Laura. Tráete un vestido para cenar. No quiero verte con esos vaqueros desgastados que llevas siempre.

Laura respiró hondo y a punto estuvo de decir algo, pero se dio cuenta de que su tía había colgado. Furiosa, se quedó mirando el auricular unos segundos antes de soltarlo.

Si había alguien que podía enfadarla más que su tío, era su tía. Era una mujer estúpida e insensible. Laura sintió lástima de su abuela por tener que vivir con semejantes personas. Se merecía algo mejor después de haber vivido cincuenta y cinco años con su insoportable esposo.

Al reparar en los sentimientos de su abuela, Laura pudo ver con cierta perspectiva todo aquel asunto del fin de semana. Se había metido en la boca del lobo ella sola. Por su abuela, tenía que fingir que era la novia de Ryan algo más que unas cuantas horas. Tenía que olvidarse de su orgullo y llamarlo para decirle que había cambiado de opinión y que aceptaba su ofrecimiento. Si se negaba, tendría que suplicarle que fuera con ella.

La idea de ofrecerle sexo a cambio surgió en su cabeza. Era una idea tan tonta, que se rio. Como si la idea de acostarse con ella pudiera convencer a un hombre como Ryan de hacer algo. Probablemente lo hiciera salir corriendo en dirección contraria.

Sacudió la cabeza y salió al pasillo para buscar su bolso y sacar la tarjeta en la que había anotado su teléfono.

Se le hizo un nudo en el estómago al empezar a marcar el número. ¿Qué haría si se negaba? Laura se ponía mala solo de pensarlo. Apretó el botón de llamada y comenzó a rezar.

Capítulo 3

RYAN Armstrong al habla –contestó.

Laura se irguió al oír aquella voz tan viril.

–Ryan, soy Laura, Laura Ferrugia.

–¡Laura! –exclamó sorprendido.

Se oía ruido de fondo, gente hablando y riendo. Si no estaba equivocada, seguía en el bar Ópera.

Laura decidió ir al grano. No le gustaba dar rodeos.

–¿Sigue en pie tu oferta?

–Por supuesto.

–Gracias a Dios.

–Eso no suena bien. ¿Qué te ha hecho cambiar de opinión?

–Mi tía, ella ha tenido la culpa.

–¿Cómo? Creo que me he perdido algo.

–Te lo contaré mañana por el camino.

–¿Por el camino adónde?

–¿No te lo dije? Mi abuela vive en Hunter Valley, al igual que el resto de mi familia. Creí que te lo había contado.

–Seguramente lo hiciste. Recuerdo que me hablaste del hospital John Hunter.

–Sí, bueno, ese hospital no está tan cerca de Hunter Valley. Sospecho que no conoces la zona de Newcastle, ¿me equivoco?

–No, nunca he estado por allí.

–No está tan lejos. Hay que tomar la autopista hacia el norte y seguir las indicaciones hacia los viñedos. Suelo tardar unas dos horas desde que salgo de casa, siempre y cuando no sea hora punta.

–¿Dónde está tu casa?

–En Manly. ¿Tienes un buen coche?

–Vaya pregunta extraña, pero la respuesta es que sí. Veo que quieres impresionar.

–No lo sabes bien –dijo Laura con tanta pasión que lo hizo reír.

–En ese caso te diré que tengo un bonito BMW descapotable. ¿Te parece bien?

–Perfecto. Una cosa más: mi tía quiere que pasemos allí la noche y no he podido decirle que no. Pero no te preocupes, no tendremos que compartir habitación. Mi abuela nunca lo permitiría.

Aunque de repente, cayó en la cuenta de que ya no era la casa de su abuela.

Su tía no permitiría que compartieran habitación, ¿verdad? Quizá...

Lo mejor sería no decir nada por si acaso Ryan decidía cambiar de opinión.

–Dame tu dirección. ¿A qué hora quieres que te recoja mañana?

–¿Cómo?

–Laura, tracemos un plan.

–Lo siento –dijo y le dio los detalles que le pedía.

–¿Qué ropa tengo que llevar? Tengo la sensación de que tu familia tiene dinero, ¿estoy en lo cierto?

–No les va mal, pero no son ricos. Aun así, mi tía se tiene por la perfecta anfitriona, así que mañana organizará una cena con todo lujo de detalles. Pero no tienes que llevar traje ni nada por el estilo.

–¿A qué clase de lugar vamos?

–Hace unos años era un criadero de caballos, con cientos de hectáreas de tierras para pastar. Pero cuando las carreras de caballos perdieron interés, mi abuelo vendió los caballos y se dedicó al ganado. Después de que muriera, mi tío vendió la mayor parte del terreno a un constructor y se quedó con unas cuantas vacas. Hoy en día es una pequeña granja.

–Nunca he estado en una granja.

–No te has perdido nada.

–Deduzco que no te gusta el campo.

–No te equivocas. Hay algo más que deberías saber.

–Dispara.

–Mi primo Shane es un fanático del fútbol y seguro que estará en la cena familiar de mañana. Sabe que fuiste portero y está deseando conocerte. ¿Te parece bien?

–No me importa en absoluto.

–Es lo que me imaginaba, pero prefería preguntarte antes.

–Muchas gracias, Laura, eres muy considerada.

–El considerado eres tú. Te agradezco mucho que hagas esto.

–Es un placer. Lo cierto es que me apetece.

–No sé por qué. Yo estoy aterrada.

–Sí, adivino la tensión en tu voz. Escucha, no me hagas esperar hasta mañana para saber qué fue lo que te dijo tu tía que te hizo cambiar de opinión. Cuéntamelo ahora o no dormiré en toda la noche. No es solo porque se haya enterado de mi pasado como portero de fútbol, ¿verdad?

–No, no es eso, es algo que dijo sobre mí.

–¿Qué te dijo?

Laura le contó la conversación con su tía, incluyendo el comentario de que Ryan debía de ser un anciano por haberse fijado en ella.

–¿Puedes creer que ha tenido la desfachatez de decirme que me pusiera un vestido en la cena de mañana?

–Increíble.

–Te estás burlando de mí.

–En absoluto –replicó él–. Creo que tu tía ha sido muy descortés contigo.

Se detuvo, consciente de que sus palabras no sonaban muy convincentes y Laura recordó su comentario sobre su aspecto.

–Te diré que tengo varios vestidos y también productos de maquillaje. Pero no me pongo nada de eso para trabajar ni para ir al campo los fines de semana.

–Pero este fin de semana lo harás, si de veras quieres impresionar a tu familia. El espectáculo no va solo conmigo, cariño, sino con los dos como pareja.

–¿Vas a llamarme así?

–¿Cómo?

–Cariño.

–No si no te gusta.

–No me gusta.

–Entonces, ¿cómo quieres que te llame?

–Laura.

–Muy bien, Laura. Y Laura...

–¿Qué?

–Intenta relajarte para mañana. Estás demasiado excitada.

–No puedo evitarlo. Odio tener que hacer esto.

–¿El qué? ¿Simular que estás enamorada de mí?

¿Por qué tenía que ser tan sincero?

–Supongo.

–Ya has estado enamorada antes, ¿verdad?

–Sí –confesó.

Dos veces, primero de Brad y luego de Mario. Había sido devastador descubrir que Brad era una rata egoísta e inmoral, pero había sido el falso encanto de Mario el que casi la había destrozado. Porque para entonces debería haber sido más precavida y haberse dado cuenta de sus mentiras.

Pero no había sido así.

–Entonces, compórtate conmigo como lo hacías con él –sugirió Ryan.

–Nunca podría volver a hacerlo. Fue patético.

–¿Tan mal? Está bien, pero no te asustes si te rodeo con el brazo o te doy algún beso. Eso sí, sin lengua.

–Espero no hacerlo.

Él sonrió.

–Ya veo que mañana va a ser algo complicado, pero ¿qué demonios? Lo hacemos por tu abuela, ¿no?

Laura parpadeó. Se había olvidado de ella. Desde la llamada de su tía, no había dejado de pensar en su orgullo.

–Sí, claro –dijo sintiéndose avergonzada de sí misma–. ¿Ryan?

–¿Qué?

–Puedes llamarme cariño si quieres.

–Mejor. Ahora, tenemos que buscarte un vestido. El rojo te sienta bien.

–No tengo ningún vestido rojo.

–¡Entonces cómprate uno! Tienes toda la mañana. Y también unos zapatos bonitos. Tengo que colgar ahora, Laura, alguien me está llamando. Nos veremos mañana en tu casa a la una en punto.

Laura abrió la boca para protestar, pero él ya había colgado.

«Dios mío, ¿qué he hecho?».

Tenía razón. Cualquiera que fuera la novia de Ryan, tenía que vestir de manera provocativa.

Desde que rompiera con Mario no se había vestido sexy, de lo cual hacía ya varios años. Para empezar, no sabía dónde buscar para encontrar un vestido rojo.

Pero Alison sí lo sabría. Le gustaba mucho la moda.

Laura hizo una mueca. Si le pedía ayuda a Alison, eso supondría tenerle que contar lo que iba a hacer el fin de semana y con quién. Eso significaría también tenerle que contar lo que le había dicho a su abuela mientras había estado en coma.

Alison se molestaría porque no se lo hubiera dicho antes. Las dos amigas se lo contaban todo desde que se conocieran en el internado. Iba a ser duro confesarle que se había guardado un secreto, pero tenía que hacerlo.

Mientras marcaba el número de Alison, atravesó la habitación y se sentó en la cama a esperar a que su amiga contestara.

Un segundo antes de que saltara el contestador, escuchó la voz acelerada de su amiga.

–Será mejor que sea importante, Laura. Ya sabes lo insoportables que se ponen los niños a esta hora de la noche.

Al fondo, se oían voces discutiendo. Alison tenía un hijo de ocho años y una hija de seis que no se llevaban demasiado bien, especialmente cuando estaban cansados. Era evidente que no era un buen momento para andar haciendo confesiones.

–Lo siento –dijo Laura–, pero estoy desesperada. ¿Puedes pedirle a Peter que cuide de los niños mañana por la mañana para acompañarme de compras?

–¿Qué tienes que comprar?

–Un vestido rojo y sexy.

–Casi se me cae el teléfono. ¿He escuchado bien? ¿Has dicho que tienes que comprarte un vestido rojo y sexy?

–Sí –contestó Laura, consciente de que había abierto la caja de los truenos–. Te lo explicaré mañana.

–De eso nada. Vas a explicármelo dentro de un rato, cuando tenga un momento de calma para escuchar tu historia, que seguro es fascinante.

–De acuerdo –dijo Laura y suspiró resignada–. Pero sé amable conmigo, me siento algo débil.

–Tonterías, tú no eres frágil. ¡Niños! Si no dejáis de pelear, voy a estrangularos. Laura, tengo que ir a poner orden entre los niños. Te llamaré más tarde.

–De acuerdo –dijo Laura y colgó.

–No puedo creerlo –dijo Alison dejando la taza de café en la mesa–. ¿Por qué Ryan Armstrong?

Estaban sentadas en una cafetería después de haber pasado dos horas buscando el vestido y unos zapatos a juego.

–Sabes por qué. Es la clase de hombre que le gusta a mi abuela.

–Pero no lo soportas.

–No me cae tan mal como pensaba –admitió Laura. ¿Cómo hacerlo después de lo que iba a hacer por ella?

–¡Ahora lo entiendo! Has mantenido en secreto que te gustaba. Y tú a él.

–No empieces con esas tonterías románticas, Alison.

–Entonces, ¿qué motivos tiene él para participar en esta...

–Farsa –dijo Laura, terminando la frase de su amiga–. Ya te lo he dicho, tiene un lado tierno para las abuelas.

Alison puso los ojos en blanco.

–¡Qué ingenua! Seguramente lo está haciendo para llevarte a la cama. Ahora que lo pienso, no es romanticismo lo que busca, sino sexo. Se me olvida que no todos los hombres son tan honestos como mi Peter. Ambas sabemos la clase de hombre que es Ryan Armstrong, Laura. Le gusta jugar y ganar. Si lo que me has contado es cierto, te has mostrado distante desde que es tu cliente, ¿verdad?

–Sí.

–A los hombres como él no les gusta que les hagan el vacío. Les gusta seducir y que los seduzcan. Eres un reto para él, Laura. Tú misma has dicho que te sorprendiste de que te invitara a una copa.

Y a navegar con él, recordó Laura de repente.

–Ese es el primer paso –concluyó Alison.

–¡Pero tiene novia! –protestó Laura.

–Que va a pasar el fin de semana en Melbourne. Qué casualidad.

–Tú no sueles ser tan cínica. Ese papel suelo hacerlo yo.

–Es que veo que corres el riesgo de caer en sus garras. Ese hombre te pide que te compres un vestido rojo y sexy, y te falta tiempo para hacerlo. La Laura que conozco nunca hubiera hecho eso.

Laura suspiró.

–No estoy cayendo en sus garras. Es solo que no quiero parecer una aburrida solterona este fin de semana.

–Desde luego que no lo parecerás con ese vestido y esos zapatos que te has comprado.

–Tú me dijiste que me los comprara.

–Eso fue antes de que me enterara de lo que pretendía ese hombre.

–Alison, se lo he pedido yo y no tengo ninguna intención de acostarme con Ryan Armstrong.

Laura sabía a qué se refería Alison. Su amiga se había formado una opinión de Ryan Armstrong a partir de lo que le había contado de él en el pasado. Si lo conociera, Alison se daría cuenta de que no era un sinvergüenza. Por mucho que le costara admitirlo, el día anterior había conocido otro lado de él que la había sorprendido a la vez que impresionado.

–Tan solo está siendo amable –afirmó Laura–. Y ahora, tengo que irme. Muchas gracias por acompañarme, Alison. Nunca hubiera dado con el vestido sin ti.

–No me des las gracias todavía. Ese vestido no parece usado, así que, si todavía no sueña contigo, pronto lo hará.

De camino a casa en el ferry, Laura no dejó de dar vueltas en la cabeza a las palabras de su amiga. Era un vestido sexy, pero no exageradamente sexy, pensó una vez lo sacó de la bolsa en la soledad de su dormitorio.

Claro que aquel color escarlata era llamativo. También lo era el cinturón ancho de piel negra con tachuelas. Era difícil encontrar un vestido de cóctel que no tuviera algo brillante y llamativo. Lo mismo pasaba con los zapatos. Alison la había convencido para que se comprara unos zapatos de tacón negro que tenían las mismas tachuelas plateadas en las tiras de los tobillos.

Laura parpadeó al volver a mirar los zapatos que había comprado. Quizá lo más prudente fuera ponerse otros que fueran menos provocativos. Pero después de revisar su armario, se dio cuenta de que no tenía otros que quedaran tan bien con el vestido. Después de su ruptura con Mario, había tirado toda la ropa y zapatos atrevidos sustituyéndolos por prendas que no excitarían a ningún hombre.

Aunque no quería excitar las hormonas de Ryan Armstrong ese fin de semana, sí quería que su familia pensara que era capaz de hacerlo. Y si como consecuencia de eso Ryan la miraba con ojos diferentes, lo soportaría. No lo creía capaz de dar un paso en ese sentido. ¿Por qué iba a hacerlo cuando seguramente su novia lo satisfacía en el plano sexual? A pesar de que Ryan tenía fama de cambiar de novia con cierta regularidad, nunca mantenía relaciones simultáneas. Era conocido en Sídney por su integridad.

Hasta el día anterior, la opinión de Laura acerca de su cliente no había sido muy buena. Pero ahora que lo había tratado más, empezaba a sentir que se podía confiar en él. Era un extraño pensamiento viniendo de ella, especialmente de un soltero empedernido como Ryan.

De todas formas no podía perder tiempo preocupándose por esos asuntos en aquel momento. Estaban a punto de dar las doce y media, por lo que solo le quedaba media hora para acabar de arreglarse y comer algo antes de que Ryan llegara. Al menos, iba vestida con ropa decente, aunque fueran unos vaqueros y una camisa blanca. Había pensado comprarse algo más de ropa, una falda y una blusa quizá. Pero había tardado toda la mañana en encontrar el vestido rojo. Además, los vaqueros eran perfectos para un fin de semana en el campo.

Tampoco iba a dejarse el pelo suelto. No le gustaba que le cayera sobre la cara. Bastante tenía con llevarlo suelto esa noche. Se lo recogería en una coleta, un estilo más femenino que el que solía llevar. Y nada de pintalabios rojo; eso tendría que esperar hasta la noche.

Laura se estremeció al pensar en aquella noche.

«No pienses en eso, Laura. Hacerlo no te ayudará en nada y solo conseguirás ponerte más nerviosa. Ya está hecho y no hay vuelta atrás. Piensa en la abuela, en hacerla feliz. Piensa en las buenas intenciones que te hicieron contarle que Ryan Armstrong era tu hombre perfecto».

Laura no pudo evitar sonreír. Le resultaba divertido imaginárselo como su hombre ideal porque, si había alguien completamente inadecuado para ella, ese era él.

Pero su abuela nunca lo sabría, pensó mientras hacía la maleta. Ella tan solo vería lo que quería ver: un hombre guapo, encantador y exitoso.

Con un poco de suerte, su abuela no se enteraría de nada.

Laura gruñó. Tenía el presentimiento de que durante el fin de semana, las cosas no iban a salir como las había planeado. Lo que no imaginaba era que antes de que el día terminara, iba a ocurrir un gran desastre.

Capítulo 4

RYAN miró el reloj del salpicadero cerca de la calle donde vivía Laura. Era la una menos cuarto. No era buena idea llegar pronto, así que se detuvo junto a la acera para dejar pasar unos minutos.

El tiempo fue transcurriendo lentamente y no pudo evitar pensar en lo que había pasado cuando había llamado a Erica la noche anterior para contarle sus planes para el fin de semana.

Ryan sacudió la cabeza al recordar su reacción. Laura había tenido razón. Quizá no conocía a las mujeres tan bien como creía. A Erica no solo no le había gustado la idea, sino que se había puesto muy celosa.

Aquel ataque de celos había sacado lo peor de Ryan. Cuando Erica empezó a acusarlo de que aquello era tan solo una estrategia para acostarse con Laura, Ryan le había dicho que, si eso era lo que pensaba, entonces había llegado el momento de continuar caminos separados. Después de eso había colgado.

El hecho de que Erica le hubiera estado mandando mensajes subidos de tono al teléfono durante la siguiente hora, solo había servido para confirmarle que había hecho lo correcto al cortar con ella. Pero todo aquel asunto lo había incomodado. Al final había apagado el teléfono, pero sospechaba que había seguido mandando mensajes. Desconocía cuál sería su contenido, aunque ya le había dedicado todos los insultos del diccionario, desde «indecente» a «libertino».

No estaba seguro del significado de «libertino», así que lo había buscado en el diccionario y había descubierto que un libertino era un hombre lascivo que hacía lo que quería. Era un poco duro, pero no del todo desencaminado. Le gustaba hacer lo que quería y lo que quería era poner fin a una relación con una mujer que era tan hipócrita como malhablada. Por otra parte, le agradaba hacerse pasar por el novio de Laura y hacer feliz a una anciana.

El reloj marcaba las doce y cincuenta y tres. Era hora de ponerse en marcha.

La casa que estaba en la dirección que Laura le había dado resultó ser una sorpresa, pero no porque fuera grande. Era una casa de estilo eduardiano, bien conservada, que debía de costar una fortuna por su excelente ubicación en una colina sobre Manly Beach. No pudo evitar preguntarse si sería suya o la habría alquilado.

Mientras se bajaba del coche y se dirigía hacia la puerta por el camino de acceso, decidió que aquella casa no la había alquilado. El jardín estaba bien cuidado y la pintura verde de alrededor de las ventanas era reciente.

Llegó al porche y tocó el timbre. Estaba seguro de que Laura era la dueña de aquella casa.

A punto estaba de tocar el timbre otra vez cuando la puerta se abrió y Laura apareció más guapa que de costumbre. En lugar de su habitual traje de chaqueta negro, llevaba unos vaqueros azules ajustados, unos botines negros, una camisa blanca con las mangas remangadas y un collar. El pelo lo tenía recogido en una coleta y se había pintado los labios. Parecía cinco años más joven y mucho más a la moda.

Erica estaba equivocada: Laura no le gustaba. Nunca se habría ofrecido para hacer aquello con una mujer que le hubiera gustado.

–Llegas pronto –dijo con tono casi acusador.

Algunas cosas no podían cambiar con tanta facilidad como la apariencia, pensó Ryan. Debería haberse mostrado agradecida y no molesta. A él le gustaba que la gente fuera puntual.

Excepto a las tres de la tarde de un viernes.

Pero ¿por qué tenía que pensar en eso ahora?

Ryan se encogió de hombros e intentó apartar aquellos pensamientos de la cabeza.

–Pero solo cinco minutos. Estás muy guapa.

–Gracias, tú también.

–Estamos para agradarle –dijo sonriendo.

Ella no le devolvió la sonrisa, pero un brillo especial asomó a sus ojos. No estaba seguro de si seguiría molesta. No iba a ser fácil pretender estar enamorado de ella durante el fin de semana.

–No tardaré mucho –dijo ella dándose la vuelta y enfilando el pasillo–. Ahí está el baño –añadió señalando una puerta a la derecha–. Te lo digo por si quieres usarlo antes de marcharnos.

–Estoy bien.

Tal y como dijo, no tardó en regresar con un maletín en una mano y un portatrajes de plástico.

–Supongo que ahí dentro llevas un vestido –dijo él mientras salían al porche.

–Sí. Toma, sujétame esto mientras cierro la puerta con llave.

Estaba allí parado, con ambas manos ocupadas, cuando un gato apareció junto a su tobillo derecho.

–¿Este gato es tuyo?

–Sí.

–¿Por qué solo tiene un ojo? ¿Alguna pelea?

–No, tuvo un encontronazo con un coche hace un año, ¿verdad, bonito? –dijo con voz melosa, mientras tomaba al gato en brazos–. Me costó una fortuna el veterinario, más de tres mil dólares.

Ryan se quedó mirándola fijamente. ¿Tres mil dólares en un gato?

–Sí, lo sé –continuó ella–. No es lo que esperarías de la insensible Laura.

–Está visto que eres más sentimental de lo que imaginaba.

–Siento decepcionarte.

–No estoy decepcionado. Nunca te disculpes por tener un lado sensible, Laura. Es lo que os distingue a las mujeres.

–Es lo que las ridiculiza –puntualizó–. Especialmente en lo que a hombres se refiere.

–No me imagino a ningún hombre poniéndote en ridículo.

–Ya te dije anoche que no conoces a las mujeres tan bien como crees, Ryan. Lo que me recuerda que no me has contado qué te dijo tu novia cuando le contaste que ibas a hacerte pasar por mi novio este fin de semana. ¿O acaso no se lo has contado?

Al instante, Ryan se dio cuenta de que la verdad complicaría las cosas innecesariamente. Era mejor que no supiera lo mal que se lo había tomado Erica, o que habían dejado de ser pareja.

–Claro que se lo he dicho –mintió–. Y le ha parecido bien.

–Increíble –dijo Laura, agachándose para dejar al gato en el suelo–. Rambo, sé bueno y no salgas a la calle en mi ausencia.

–¿Estará bien solo en casa? –preguntó Ryan mientras iban al coche.

–Es solo por una noche. Le he dejado comida y agua y le he pedido a un vecino que lo cuide.

–¿De qué raza es? –dijo Ryan mientras colocaba el portatrajes en el asiento trasero y la maleta junto a la suya en el maletero del coche.

–Abisinio.

–¿Hace mucho que lo tienes?

Ella lo miró impaciente.

–¿Qué es esto, un interrogatorio?

–Tan solo quiero saber algunas cosas sobre ti. Después de todo, un novio de verdad sabría que tienes gato, ¿no?

Laura suspiró.

–Supongo que sí. Se llama Rambo y tiene casi cinco años. Me hice con él después de que...

Se quedó en silencio repentinamente y apretó los labios.

–¿Después de qué?

–Después de romper con Mario.

–Entiendo.

Ryan no pudo evitar preguntarse qué habría hecho Mario para que Laura odiara tanto a los hombres. ¿Lo habría pillado con otra mujer? ¿O había descubierto que estaba casado? Su comportamiento debía de haber sido muy malo para haber herido de aquella manera a Laura. Muchas mujeres ya lo habrían superado. Según le había dicho, habían pasado cinco años. ¿Quería eso decir que llevaba cinco años sin tener sexo? Ryan no se imaginaba la vida sin practicar sexo de manera regular. Para él, era tan necesario como el comer o respirar. En ese sentido, suponía que las mujeres y los hombres eran diferentes. Al menos, algunas lo eran.

–Ya está bien de preguntas –dijo él, decidido a cambiar de tema de conversación–. Bueno, ¿qué te parece mi coche? ¿Te parece impresionante?

Laura miró el coche y deseó no sentirse tan intimidada en compañía de Ryan. Pero desde el momento en que le había abierto la puerta, se había quedado pasmada.

Pensaba que ya estaba acostumbrada a lo guapo que era. Después de todo, llevaba dos años viéndose con él todos los viernes y nunca le habían temblado las rodillas, hasta unos minutos antes.

Quizá fuera el modo en que iba vestido, todo de negro. Vaqueros, camiseta y cazadora de cuero, todo era negro. Le daba un aspecto muy masculino y estaba irresistible.

Se había tenido que esforzar para no quedarse mirando fijamente, pero no había podido evitar ponerse nerviosa, especialmente después de que le dijera lo guapa que estaba.

Por suerte, no había hecho nada humillante como ponerse roja. Aunque por otro lado, se había puesto a la defensiva y había estado cortante, y no quería ponerse así con él. Si quería convencer a su abuela y al resto de la familia de que Ryan era su novio, tenía que dejar aquel sarcasmo inusual en ella y empezar a ser amable. Podía empezar por alabar su coche, pero tampoco quería excederse.

–Está muy bien –dijo ella–. Me gusta el color azul oscuro.

–Venga, entra –dijo él, rodeando el coche para abrirle la puerta.

Laura se acomodó, suspirando satisfecha al hundirse en los asientos de cuero claro.

–¿Estás cómoda?

–Mucho –contestó y lo miró.

No fue una buena idea. Ryan la estaba mirando y estaba muy guapo cuando sonreía así.

–¿No hay nada mejor que el cuero, verdad?

Al sentir que el estómago le daba un vuelco, apretó los labios, se puso el cinturón de seguridad y fijó la vista al frente. Sin embargo, después de cerrarle la puerta, Ryan pasó por delante del coche, justo por delante de su campo de visión.

Incluso su manera de caminar era sexy. Sus piernas avanzaban dando largos pasos y sus hombros se movían ligeramente de lado a lado. Se movía con seguridad y aplomo.

Laura suspiró cuando lo perdió de vista. Pero su alivio apenas duró unos segundos hasta que Ryan abrió la puerta del conductor y se colocó tras el volante.

–Creo que deberíamos quitar la capota.

El pánico la hizo girarse para mirarlo. Quería decirle que no lo hiciera, pero ya el techo se estaba abriendo. Además, ¿qué podía decir? El día no era frío, no hacía viento y no había ni una nube en el cielo. No había ninguna razón para estar alarmada, pero lo estaba.

–Te gustará –añadió Ryan mirándola a los ojos.

Laura esbozó una sonrisa. No era en él en quien no confiaba, sino en ella misma. ¿De dónde había surgido aquella repentina atracción?

Tenía que admitir que Ryan era un hombre muy atractivo físicamente. A pesar de lo escéptica que era con el sexo masculino, no era ciega aunque no fuera su tipo de hombre. A diferencia de su abuela, siempre había preferido hombres que no fueran mucho más altos que ella. Los hombres grandes, de hombros fuertes y aspecto de macho, siempre le habían incomodado.

Ryan la estaba haciendo sentir muy incómoda en aquel momento, pero de una manera deliciosamente perturbadora. Claro que ella tampoco le gustaba a él. Era una suerte que tuviera novia, ya que si no, se habría sentido tentada a hacer el ridículo ese fin de semana.

Sintió un nudo en el estómago ante aquella situación inesperada. Había pensado que no podría hacerse pasar por su novia y allí estaba, intentando controlar sus deseos de seducir a aquel hombre. ¡Ni que supiera seducir a un hombre! Solo había tenido dos amores en su vida y ninguno de los dos se había esmerado en la seducción. No era una experta en asuntos de dormitorio aunque tampoco le habían interesado últimamente.

Hasta ese momento...

Quizá los años de celibato habían hecho mella en ella. Era la única razón que se le ocurría que justificara la atracción que sentía por el hombre que estaba sentado junto a ella. Aquella vulnerabilidad le provocaba una tensión en su cuerpo que no recordaba haber experimentado antes. Se acomodó en su asiento y entrelazó las manos sobre su regazo.

–Relájate, Laura –le ordenó mientras ponía el coche en marcha–. Todo va a salir bien.

Ella no estaba tan segura. Aunque superara el fin de

semana con su orgullo intacto, tendría que prescindir de Ryan como cliente.

Pero enseguida se olvidó de su orgullo y sucumbió al encanto de montar en un descapotable, con el sol dándole en la cara y el viento alborotándole el pelo. Enseguida se relajó y disfrutó de las miradas de envidia de la gente que los veía pasar. Quizá fuera una tontería sentir placer porque creyeran que Ryan era su novio, pero no pudo evitarlo.

–¿Ves? –dijo Ryan después de un rato–. Te dije que te gustaría. ¿Quieres que ponga música?

–Si tú quieres... –contestó, tratando de que su voz sonara fría y no seductora.

–Dime qué te gusta –dijo él–. Debería conocer tus gustos en música, ¿no te parece? Y viceversa.

Laura se encogió de hombros.

–Me gusta todo lo que tenga melodía, un buen ritmo y una letra interesante. No me gusta el rap ni el heavy, y no tengo ningún artista ni grupo favorito. De adolescente no perdí la cabeza por ningún cantante, a diferencia de Alison que estaba locamente enamorada de Robbie Williams.

–¿Quién es Alison?

–Mi mejor amiga. Fuimos juntas al internado.

–Quizá deberíamos dejar la música para que me contaras más sobre tu vida. No tienes que contarme todo, solo lo que creas que debo saber.

–Desde luego que no te voy a contar todo –replicó ella, pensando en Brad y Mario.

No mencionó aquellas dos humillantes relaciones. Pero sí le contó que su madre se fue de casa para irse a vivir a Sídney y que acabó casándose con su padre, un huido de otra clase. Carmelo Ferrugia había sido abogado, un refugiado, cuya primera mujer e hijos habían sido asesinados por gente muy mala. Carmelo había sido un hombre amable y considerado, veinte años mayor que su madre, y había pasado su vida ayudando a personas con dificultades.

También le contó acerca de la trágica muerte de sus padres en un accidente de avión cuando ella tan solo tenía once años, su vida con sus abuelos en Hunter Valley y su paso por el internado de Sídney.

–Siempre supe que me quedaría en Sídney cuando acabara de estudiar –añadió–. Y que sería abogado como mi padre. De hecho, trabajé como abogado de oficio durante una temporada, como él, pero me aburría.

–Así que te fuiste a trabajar a Harvey, Michaels y Asociados.

–No, antes estuve en otro despacho especializado en derecho penal.

–Eso no podía resultarte aburrido.

–No, me encantaba, pero yo...

–¿Tú qué?

Laura se dio cuenta demasiado tarde de la dirección que estaba tomando aquella conversación. Odiaba hablar de Mario. Brad le había hecho daño, pero Mario la había herido profundamente.

–Tuve una relación con un cliente que acabó muy mal –dijo por fin.

–Entiendo.

–Lo dudo.

–Sí, claro que lo entiendo. Tuve una relación con una clienta una vez. También terminó mal. A punto estuvo de arruinar mi negocio.

Laura se sorprendió.

–¿Qué pasó?

–En pocas palabras, tuve una breve aventura con una clienta. Cuando corté con ella, hizo todo lo que pudo por hacerme daño a mí y a mi compañía. Estuvo a punto de conseguirlo. Desde entonces, soy más prudente y no he vuelto a salir con una clienta. Estoy seguro de que a ti te ha pasado lo mismo.

–Así es.

–Me alegro de que esto no sea una cita real. Aunque no creo que me tenga que preocupar de que llegues a obsesionarte conmigo, Laura.

–Estás a salvo –dijo.

«Siempre y cuando no intentes aprovecharte de la situación», pensó Laura.

–¿Sabes una cosa? Es agradable estar en compañía de una mujer en la que puedo confiar plenamente.

–¿Qué quiere decir eso?

–Que nunca me hubiera ofrecido a hacerme pasar por tu novio si pensara que te gusto. Porque si así fuera, este fin de semana habría complicado nuestra relación laboral.

–No veo cómo. Aunque me gustaras, yo a ti no te gusto.

–No es cierto, cariño. ¿Cómo no iba a gustarme una mujer capaz de gastar tres mil dólares para salvar la vida de un pobre animal?

–Oh –exclamó y a continuación hizo lo impensable: se sonrojó.

Ryan no podía creer que las mejillas de Laura se hubieran sonrojado. Durante un par de segundos, su reacción lo aturdió. Pero enseguida pensó que debía de ser la respuesta natural ante una ocurrencia inesperada de un hombre diciendo algo amable sobre ella.

Ryan sospechaba que en los últimos años, Laura no había recibido piropos de ningún hombre, en especial por su modo de vestir y comportarse. Evidentemente, se había aislado después de aquella desastrosa aventura que había tenido con un cliente. Le hubiera gustado conocer algunos detalles más de esa relación, pero sabía que no era el momento de preguntar.

–Espero no haber dicho nada incorrecto –dijo él.

–Por supuesto que no –dijo Laura guardando la compostura con su habitual brusquedad–. Es solo que me has pillado por sorpresa. Además, no puede seguir cayéndome mal un hombre que está dispuesto a perder su fin de semana para hacerme feliz.

No le quedó más remedio que sonreír.

–Cuidado, no nos excedamos con los halagos.

–No querrás que empiece a mentirte, ¿verdad?

–No hasta que lleguemos a nuestro destino, momento en el que alguna mentira será necesaria, además de alguna que otra muestra de flirteo.

–¡Flirteo!

Ryan estuvo a punto de romper en carcajadas al ver su expresión.

–Por supuesto –dijo él con cara de póquer–. ¿Sabes flirtear, verdad Laura?

–Nunca me ha gustado seducir.

–En ese caso, es hora de que aprendas. ¿O quieres pasar el resto de tu vida como una solterona?

–La manera en que pase el resto de mi vida no es asunto tuyo.

–Cielo santo. Pero ¿qué pasa contigo? De acuerdo, es evidente que un canalla te hizo mucho daño, pero no es el único hombre de la Tierra. No todos somos tan malos. Tienes que superarlo y seguir adelante.

–¡Muchas gracias! –exclamó con ironía.

–Lo conseguirás si haces lo que te digo. Escucha, este fin de semana tendrás la oportunidad perfecta para aprender a flirtear. Puedes practicar conmigo sin tener que preocuparte de las consecuencias.

–¿De veras?

–Deja ya la ironía.

El suspiro de Laura sonó a desesperación.

De repente, Ryan se dio cuenta de que estaba siendo demasiado insistente. Era una mala costumbre que tenía, el tratar de arreglar y controlar las cosas. Era el resultado de su infancia, cuando todo había estado fuera de su control.

–Lo siento. Me estoy poniendo muy insoportable, ¿verdad?

–Mucho.

–Puedes pedirme que me calle si quieres.

–Cállate, Ryan.

Él rio.

–Prometo no ser tan sargento cuando lleguemos a casa de tu familia.

–No cambies demasiado. A mi abuela le gustan los hombres con carácter.

–Pero a ti no, Laura. Voy a hacerme pasar por tu hombre perfecto, no por el de tu abuela.

–¿Y acaso sabes cómo es mi hombre ideal?

–Puedo intentar adivinarlo.

–A ver, dime.

–Para empezar, tiene que ser todo un caballero a la vieja usanza, pero sin ser machista. Te tiene que tratar bien, como a una princesa. Te gustaría que fuera apasionado y tierno a la vez, tierno y protector.

Por su expresión, Ryan supo que había dado en el clavo.

–¿Qué eres? –preguntó sorprendida–. ¿Un adivino?

–No, pero soy muy observador. Por cómo describiste a tu padre, me di cuenta de que era tu hombre ideal. Me atrevería a decir que el hombre que tanto daño te hizo, parecía ser tu hombre ideal. Pero fue solo en apariencia. En el fondo, era todo lo contrario.

El silencio de Laura tocó la fibra sensible de Ryan. Sabía que no siempre era bueno hablar de algunas cosas, ya que removían recuerdos desagradables.

–Parece que era un canalla –continuó–. Alguien a quien es mejor olvidar.

Laura permaneció en silencio.

–Es hora de distraerse –dijo él y puso la radio–. Ahora, ponte cómoda en tu asiento y relaja esa tensión. Y antes de que me vuelvas a pedir que me calle, creo que deberías saber que toda mujer desea en algún momento tener cerca un hombre que lleve la iniciativa, como ahora mismo. Así que trágate ese comentario sarcástico que estoy seguro que estás ideando y haz lo que te digo, ¿de acuerdo?

Se quedó satisfecho al ver que no protestaba. De hecho, Laura hizo exactamente lo que le había sugerido, reclinó el asiento, cerró los ojos y dejó escapar un largo suspiro. No estaba seguro de lo que se le estaría pasando por la cabeza, pero enseguida se la vio más relajada. Incluso le pareció que se había dormido. Quizá no hubiera dormido bien la noche anterior, preocupada por el fin de semana.

Era una suerte que conociera la zona norte hasta el río Hawkesbury. En caso contrario, habría tenido que despertarla para pedirle indicaciones. Si no recordaba mal, el Hawkesbury estaba a media hora de camino de donde estaban. Laura tendría tiempo suficiente de echarse una siesta antes de verse obligado a despertarla.

Cinco minutos más tarde, tomó la autopista y aceleró. El tráfico se aligeró con los tres carriles y el potente coche se comió los kilómetros. El paisaje urbano dio paso enseguida a la vegetación que se extendía a ambos lados de la carretera que atravesaba las colinas rocosas. En algo menos de media hora, Ryan empezó el camino de descenso que daba al río y a la pequeña aldea de Brooklyn.

En una ocasión había alquilado una cabaña de pesca, siguiendo la recomendación de un amigo que le había dicho que era el lugar perfecto para un fin de semana romántico.

Ryan frunció el ceño al intentar recordar el nombre de la mujer con la que había ido. De eso no debía de hacer ni tres años y era incapaz de recordar su nombre o su cara. Lo único que recordaba era el placer de estar al aire libre y el hecho de haber pescado un pez.

Miró a Laura un instante. Aquel fin de semana no podía ser considerado una escapada romántica. Pero sospechaba que no iba a olvidarlo, al igual que nunca olvidaría a Laura Ferrugia.

Ryan sonrió ante aquella última idea. Era imposible olvidar a la mujer más irritante que jamás había conocido.

Capítulo 5

LAURA se despertó y se sorprendió al descubrir que había estado durmiendo casi hora y media.

–¿Por qué no me has despertado? –preguntó.

–Imaginé que necesitabas descansar –contestó Ryan encogiéndose de hombros.

–¿Dónde estamos? –dijo Laura al darse cuenta de que estaban en una carretera de dos carriles–. Pensé que no sabías el camino.

Enseguida se tranquilizó al comprobar que iban en la dirección correcta.

–Supuse que habría señales, así que cuando vi la indicación hacia los viñedos, la tomé.

–Aun así, deberías haberme despertado.

–¿Quieres dejar de protestar? –dijo él con voz impaciente–. No estamos perdidos.

–Pero podíamos estarlo.

–¿Y qué? No habría sido el fin del mundo, Laura. Los dos tenemos teléfonos móviles. Habríamos llamado para avisar de que llegábamos un poco más tarde.

–Cierto, pero no quiero darle ninguna razón a mi tía Cynthia para que me critique.

–No te criticará estando a mi lado. Verás que pronto la pongo a comer de mi mano.

Laura puso los ojos en blanco. ¡Vaya hombre arrogante!

–Lo creas o no –continuó él–, se me da bien el sexo contrario. La mayoría de las mujeres, especialmente las maduras, me encuentran encantador.

Laura no lo dudaba. Pero no estaba dispuesta a alimentar su ego y se recordó que debía mantener la guardia.

–Por eso te elegí como mi pareja ideal, Ryan, porque tienes todas esas cualidades que gustan a la mayoría de las mujeres. Solo las que como yo están escaldadas, se dan cuenta de que ese encanto tuyo no es más que una tontería.

Él rio sin humor.

–Y yo que creía que empezaba a resultarte simpático.

–En sueños, Ryan. Ahora por favor, concéntrate en la carretera. Estamos llegando a Cessnock. A partir de ahora te indicaré el camino. Es complicado atravesar el pueblo y tomar la carretera correcta.

Siguió sus indicaciones y enseguida cruzaron el viejo pueblo minero y tomaron la carretera que les llevaría a su destino.

–No vayas rápido por aquí –le advirtió Laura–. Después de todo lo que ha llovido últimamente, seguro que habrá muchos baches.

Ryan disminuyó la velocidad considerablemente, lo que le permitió apartar los ojos de la carretera de vez en cuando para observar al paisaje.

–Esta zona es muy bonita, Laura.

Estaba de acuerdo con él en que era bonita, con muchas colinas, árboles y casas bien conservadas. Había varios hoteles que ofrecían recorridos para hacer catas de vinos, además de alojamientos de cinco estrellas. También era un sitio al que se retiraban los jubilados y en el que se habían construido nuevas viviendas para aquellos que querían disfrutar del campo sin tener que dedicarle demasiado esfuerzo.

–Supongo que mi opinión está contaminada al no haber sido feliz aquí.

–Al igual que tu opinión sobre los hombres está contaminada por no haber sido feliz con uno.

Laura apretó los labios.

–Todos tenemos recuerdos contaminados, Ryan –replicó con frialdad–. Seguro que tú también.

«Qué razón tienes, querida», pensó Ryan con una mezcla de sorpresa y admiración.

Debía de ser agotador lanzar tanto dardo envenenado. Estaba deseando llegar para verla comportarse como realmente era. Quizá incluso fuera dulce con él. No pudo evitar preguntarse cómo reaccionaría cuando la abrazara. Quizá incluso la besara, pero solo para guardar las apariencias. Solo de pensarlo, su corazón se aceleró.

–¿Cuánto queda?

–Menos de un kilómetro. Toma el siguiente desvío a la derecha.

Era una carretera más ancha, que parecía haber sido arreglada recientemente y en la que no había baches, circunstancia que Ryan comentó.

–Se ha invertido mucho en esta carretera –explicó Laura–. Se han construido varias bodegas y un nuevo hotel de golf en unos terrenos que el tío Bill vendió. Precisamente lo estamos dejando ahora mismo a la derecha.

–Vaya –exclamó Ryan–. Tremendo campo de golf.

–No es solo un campo de golf, es una urbanización. Si te compras una casa, automáticamente eres miembro del club de golf. Pero te costará al menos un millón. El viejo y astuto tío Bill se aseguró al vender los terrenos de que lo hicieran miembro del club de por vida. Le encanta el golf. Supongo que a ti también, como a todos los hombres aficionados a los deportes.

–No me apasiona, pero me gusta. Para serte sincero, es necesario jugar al golf cuando trabajas en el mundo de los deportes. No sabes la cantidad de acuerdos que he cerrado jugando al golf, especialmente en el hoyo diecinueve.

Laura frunció el ceño.

–Pensé que solo había dieciocho hoyos.

Ryan sonrió.

–Ya veo que no juegas al golf. El hoyo diecinueve es el club.

–Qué tonta. Vete despacio, la entrada está por aquí –dijo Laura señalando–. Entre estos dos árboles. No hace falta que pares, las puertas están siempre abiertas.

–No veo ninguna casa –dijo Ryan, mirando a su alrededor mientras tomaba el camino de entrada.

–Eso es porque no estás mirando hacia el sitio correcto. Está allí, encima de aquella colina.

Sus ojos siguieron la dirección que señalaba y vio una casa de dos plantas, majestuosamente ubicada en la cresta de una colina distante. Era rectangular y de estilo colonial, con un pronunciado tejado inclinado y con un porche a su alrededor, tanto arriba como abajo. Varias chimeneas acompañaban la elegante arquitectura del edificio.

–Pensé que me habías dicho que tu familia no era muy rica –comentó Ryan.

–No lo son.

–Creo que no coincidimos en la definición de lo que es ser rico.

A menos que aquella propiedad estuviera hipotecada, el dueño de aquel lugar debía de ser muy rico en opinión de Ryan. Las vallas alrededor de los corrales estaban en perfecto estado y el ganado que pastaba en los prados tenía buen aspecto. A pesar de que sus conocimientos sobre la vida en el campo se limitaban a lo que había visto en algún documental en la televisión, Ryan percibía que allí había mucho dinero.

–Supongo que todo el terreno alrededor de la casa es de tu abuela, ¿no? –preguntó mientras avanzaban por el camino de grava.

–No. Lo cierto es que toda la finca es de mi tío Bill. Mi abuelo dejó todo a su hijo en vez de a su esposa.

Ryan frunció el entrecejo.

–¿Por qué lo hizo?

Al mirarla, adivinó una expresión de disgusto en su rostro.

–Porque era de la vieja escuela, de los que creían que los hombres debían gobernar el mundo y ser los dueños de la tierra.

Quizá el odio de Laura por los hombres había surgido antes de acostarse con aquel cliente. Aun así, Ryan se daba cuenta de que a una mujer tan inteligente como Laura le debió de ser difícil aceptar el machismo de su abuelo.

–¿Le molestó mucho a tu abuela?

–Se sintió desilusionada –dijo Laura–, pero no montó ningún lío, aunque debería haberlo hecho. Yo sí lo hice cuando tío Bill le asignó una mensualidad miserable después de todo el dinero que había heredado.

–¿Qué hiciste?

–Amenacé al muy canalla con convencer a mi abuela para que impugnara el testamento si no le daba una cantidad decente anual, cosa que hizo.

–Supongo que durante una temporada no fuiste muy apreciada.

–Nunca he sido apreciada por los hombres de mi familia –replicó.

Ryan rio.

–Me pregunto por qué.

–¿Por qué debería preocuparme por el sexo opuesto? Soy tan buena como ellos.

–Sí, tan solo recuerda durante los dos próximos días que vas a simular ser una mujer enamorada.

–Sabía que esta no era una buena idea. No sé cómo se me ocurrió hacer esto.

–Te has dejado llevar por el orgullo.

–Sí, tienes razón. ¡El orgullo! Uno de los siete pecados capitales.

Parecía tan abatida que de repente Ryan sintió lástima por ella.

–No solo por el orgullo, Laura. También por el cariño, no lo olvidemos. Estamos aquí para hacer feliz a tu abuela. ¿Qué más da que tengas que fingir durante un par de días? Ni que fuera para siempre. Deja que hable yo, tú limítate a sonreír y a asentir a todo lo que diga. Sé que te resultará muy difícil, pero es por una buena causa.

Laura permaneció en silencio unos segundos antes de decir que sí con las cabeza.

–Haré lo que pueda.

–Bien.

Laura se sentía incómoda cada vez que lo miraba. Sentía deseos de golpearlo solo por encontrarlo tan irresistiblemente atractivo.

No era orgullo lo que en aquel momento sentía. Era otro de los siete pecados capitales, uno que la aterrorizaba.

Laura no estaba familiarizada con la lujuria. Tanto Brad como Mario la habían seducido para llevarla a la cama y había perdido el interés de ser amada, así como la necesidad de practicar sexo con ellos.

Pero deseaba acostarse con Ryan y ese pensamiento la aturdía. Suspiró y se arrepintió de que se le hubiera ocurrido aquella farsa. También se arrepentía de haber seguido la sugerencia de Ryan y haberse comprado aquel vestido rojo tan sexy.

Alison lo había elegido por ella. Era el tipo de vestido capaz de alterar las hormonas de un octogenario. Ryan era mucho más joven y eso le preocupaba. ¿Qué pasaría si esa noche intentaba besarla?

–Venga, Laura –dijo Ryan con una nota de desesperación en la voz–. Cualquiera pensaría que vas camino a tu ejecución.

«Preferiría una ejecución que acabar contigo en la cama», pensó Laura, manteniendo la mirada fija en la carretera.

Trató de repetirse lo que le acababa de decir, que todo aquello era por una buena causa, pero no consiguió relajar la tensión de su estómago. El miedo a que aquel fin de semana terminase en un desastre, fue haciéndose mayor según se acercaban a la casa. La imagen de su tía Cynthia esperándolos en el porche, le hizo recordar otro temor, el de que los hicieran pasar la noche en la misma habitación.

Con tan solo mirar a la tía Cynthia, Ryan adivinó por qué Laura estaba tan tensa.

La mujer tenía un aspecto imponente. Era alta y fuerte, con pinta de sargento mayor. Estaba esperando junto a los escalones, con los brazos cruzados y las piernas, de tobillos anchos, ligeramente separadas. La falda y el jersey que llevaba eran de color gris. Debía de rondar los sesenta años y tenía el pelo rubio y rizado, probablemente resultado de tinte y permanente. Los rasgos de su rostro eran duros y tenía una ligera sombra de bigote. Tenía los ojos pequeños y juntos, y al observar a Ryan detener el coche, se abrieron como platos.

–No te atrevas a salir del coche –murmuró Ryan entre dientes al ver que Laura se disponía a abrir la puerta–. Sígueme la corriente y sonríe por el amor de Dios.

Cuando se giró para mirarlo, Ryan esbozó una sonrisa, antes de inclinarse y besarla en la mejilla.

Aunque no le devolvió la sonrisa, sí le obedeció y se quedó en el coche. Él salió, rodeó el vehículo y le abrió la puerta. Ryan evitó mirar a la tía Cynthia hasta que Laura salió, tomándolo de la mano.

Entonces se sintió satisfecho de ver la cara de sorpresa en la mujer, junto con una sonrisa de bienvenida. Al llegar al porche, incluso había descruzado los brazos. Por suerte, lo estaba observando a él y no a su sobrina.

–Usted debe de ser la tía Cynthia –dijo mostrando una amplia sonrisa–. Tiene una casa magnífica.

Al estirarse para darle la mano, Ryan comprobó que sus ojos azules centellearon.

–Eso nos gusta pensar. Es un placer conocerlo por fin, señor Armstrong.

Ryan estrechó su mano derecha, a la vez que mantenía la izquierda entrelazada con la de Laura.

–Llámeme Ryan, por favor –insistió–. Quizá me permitas tutearte y llamarte Cynthia. Después de todo, eres demasiado joven para ser mi tía.

–Adelante –contestó, ruborizándose a la vez que se mesaba el pelo.

Laura no podía creer que su tía se hubiese puesto roja. Aquel hombre era un peligro público. Pero para eso lo había llevado hasta allí con ella, ¿no? Quería ver esa clase de reacción en su familia, especialmente en su tía Cynthia. Merecía la pena ponerse en ridículo con él para experimentar aquel momento de satisfacción en público.

Cuando su tía se giró hacia ella, Laura sonrió.

–Es muy guapo, ¿verdad?

Ryan se quedó sorprendido unos instantes, no solo por el comentario de Laura, sino por la voz sensual que empleó.

A cualquier hombre le gustaría que le hablara en aquel tono de voz. Sabía que era fingido, pero resultaba muy convincente. Parecía que no iba a tener que preocuparse de que cometiera algún error en aquella farsa.

–Gracias, cariño –dijo apretándole la mano–. Eres muy amable.

Laura estuvo a punto de romper a reír al ver la expresión de su tía. ¡Aquello no tenía precio!

–¿Cómo está la abuela? –preguntó Laura mientras su tía seguía embelesada.

–¿Qué? Ah... eh... No va mal.

–¿Podemos ir a verla ahora?

–Quizá deberíamos ocuparnos de nuestras cosas antes. Me gustaría ir a refrescarme.

–Sí, claro –dijo Cynthia, manteniendo la compostura para mostrarse como la perfecta anfitriona.

Mientras, Ryan sacó el equipaje del coche y dejó que Laura se ocupara de los portatrajes. Se alegraba de haber llevado un traje para la cena. Se trataba de un traje de chaqueta gris, que le sentaba bien y resultaba apropiado en cualquier ocasión.

Ryan advirtió que la casa era tan espléndida como parecía desde el exterior. Tenía un amplio vestíbulo de baldosas blancas y negras, con un aparador que debía de ser una pieza de anticuario y una impresionante escalera curva de madera.

–Es de cedro –le informó Cynthia al preguntar por ella–. Hay mucho cedro en esta casa –continuó mientras le acompañaba escaleras arriba–. La casa fue construida en los años treinta, antes de que la guerra hiciera que todo el mundo se arruinara, incluido el negocio de las carreras. ¿Te ha contado Laura que este fue uno de los criaderos de caballos más importantes de Australia? No, seguro que no te lo ha contado –dijo la mujer antes de que Ryan pudiera replicar–. A Laura no le interesa este lugar ni sus tradiciones. Por cierto, Laura, no te he puesto en tu habitación de siempre –añadió mirando a su sobrina por encima del hombro–. Es demasiado pequeña para dos personas. Shane y Lisa no van a pasar la noche aquí, así que os he preparado el dormitorio de invitados.

Cynthia abrió una puerta a la derecha.

Ryan escuchó un extraño sonido de Laura que por suerte su tía no pareció oír. Quizá estuviera demasiado ocupada relatando la gente que había dormido en aquella habitación presidida por una enorme cama con dosel. Se refirió a un primer ministro, a un gobernador, a un matrimonio de aristócratas y a una actriz de Hollywood junto con su novio millonario.

–Esta casa tiene muchas historias –concluyó.

–Es una casa muy bonita –dijo Ryan y dejó las maletas en el suelo antes de atravesar la estancia hasta las puertas de cristal que daban al porche–. Al igual que la habitación.

Se giró y vio a Laura, que se había quedado inmóvil observando la cama.

–No sé si a la abuela le gustará que durmamos en la misma habitación.

Cynthia agitó la mano en el aire.

–No hace falta que Jane lo sepa. Ya no puede subir la escalera sola.

–Entonces, ¿dónde duerme? –preguntó Laura entrando en la habitación y dejando las fundas de los trajes en el respaldo de una silla.

–Hemos arreglado las antiguas habitaciones del servicio para ella.

–¡Las habitaciones de servicio! –exclamó Laura consternada.

–Antes de que montes un número, señorita, Jane está contenta con la solución. Así que no armes un escándalo y la enfades.

–Laura nunca haría o diría nada que pudiera enfadar a su abuela –dijo Ryan defendiéndola y rodeándola con su brazo.

–Sí, lo sé, Ryan –dijo Cynthia apretando los labios–. Pero Laura tiene la mala costumbre de hablar antes de pensar.

–Puede ser un poco impulsiva, pero siempre piensa en el bien de los demás, especialmente en el de su abuela.

–Supongo que sí. Pero como he dicho, Jane no se enterará a menos que se lo digáis. Claro que, si preferís habitaciones separadas...

–Claro que no –la interrumpió Ryan–. Estaba deseando pasar un fin de semana romántico con Laura. Y sinceramente, esa cama invita al romanticismo.

Laura hubiera disfrutado de la expresión de envidia del rostro de su tía si no hubiera estado sumida en un estado de pánico. Su peor temor se había hecho realidad, el tener que compartir la cama con Ryan. Bastante duro le estaba resultando permanecer allí de pie con su brazo rodeándola por los hombros, pero al menos estaban vestidos y había alguien más en la habitación con ellos. ¿Cómo iba a ser capaz de tumbarse a su lado, ligera de ropa y con nadie más en la habitación para evitar que...? ¿Para evitar qué?

Laura sabía muy bien que Ryan nunca la obligaría a hacer nada que no quisiera. Así que, ¿de qué tenía miedo?

Probablemente de ella misma. En su interior, no dejaba de temblar.

–Y ahora, queridos, tengo que bajar y decirle a Jane que habéis llegado –dijo su tía–. Dado que hace un día espléndido, pensé que podíamos tomar el té en el porche trasero. ¿Nos vemos allí en quince minutos?

–Por supuesto –contestó Ryan al ver que Laura permanecía en silencio–. Enseguida nos vemos.

En cuanto Cynthia cerró la puerta al salir, Laura se soltó de su brazo.

–¡Esa mujer es insoportable! –exclamó–. Se atreve a pensar que queremos compartir habitación.

–Es perfectamente lógico que queramos –dijo Ryan–. Ya no somos adolescentes, Laura. Somos una pareja adulta y tenemos una relación. Es normal que durmamos juntos.

–Pero no quiero, maldita sea. Y ahora, vamos a tener que hacerlo. Quiero decir, mira a tu alrededor. No hay más sitio donde dormir que en el suelo.

–Conmigo no cuentes para eso –dijo Ryan tomando su maleta para dejarla sobre la colcha de la cama–. No voy a dormir en el suelo de madera. Mira, la cama es grande y, si quieres, puedes poner almohadas en medio. Eso evitará que accidentalmente roce tu cuerpo y me aproveche de ti. Porque eso es lo que estás pensando, ¿verdad? Que no voy a poder controlarme.

Laura se quedó mirándolo fijamente, antes de bajar la mirada y sacudir la cabeza.

–Eso no es lo que estaba pensando.

–¿De veras? Entonces, ¿qué estabas pensando? Y no me digas que nada.

Laura se dio la vuelta y recogió su maleta. Luego, la puso sobre la cama, al otro lado de la de él.

–No tengo que contarte lo que estoy pensando. Y no tengo que dormir en la misma cama que tú. Si es necesario, dormiré en el suelo.

Ryan sonrió. Era una mujer irritante.

–Como quieras, pero hazlo en silencio. No quiero que me mantengas despierto con tus protestas y quejidos.

–No suelo protestar ni quejarme.

Ryan la miró divertido.

–Eso me lo creo.

–Muy gracioso.

–De hecho, nada de esto me parece divertido. Para ser sincero, desearía no haber hecho este ridículo ofrecimiento. Debí de estar loco si creía poder pretender que era tu hombre perfecto.

Nada más decir aquellas palabras, Ryan se arrepintió. Aunque se merecía aquellas críticas por no estarle facilitando las cosas, odiaba ver aquella expresión de su cara. Se arrepentía de haberla herido.

–Lo siento –añadió de inmediato–. No tenía que haber dicho eso.

–No –dijo ella sacudiendo la cabeza con tristeza–. Tienes todo el derecho a decir lo que has dicho. El modo en que me estoy comportando... Es estúpido, sencillamente estúpido.

–Entonces, ¿no vas a dormir en el suelo?

–No –respondió Laura, levantando desafiante la barbilla.

–Muy bien. Ahora tengo que hacerte una pregunta muy importante antes de que bajemos abajo para tomar el té.

–¿De qué se trata? –preguntó preocupada.

–¿Dónde está el baño?

Capítulo 6

LAURA le indicó la puerta que daba a un enorme cuarto de baño. Había una bañera antigua al fondo de la estancia de azulejos blancos y negros, una ducha en el rincón de la derecha, un inodoro detrás de una puerta y una gran encimera de mármol con un espejo de iguales dimensiones.

–Vaya –dijo Ryan–. Creo que nunca había visto un cuarto de baño así.

–Es bastante antiguo.

–Quizá, pero me gusta.

–Esa otra puerta –dijo Laura señalándola–, da al pasillo, así que no olvides echar el pestillo si no quieres tener una visita inesperada.

Aunque en la casa no iba a dormir arriba nadie más que su tío Bill y su tía Cynthia, y el dormitorio principal que estaba al otro lado del pasillo, tenía su propio cuarto de baño.

–De acuerdo –dijo Ryan.

Al cerrar la puerta, Laura sintió alivio por quedarse sola en la habitación. Le sentaría bien alejarse de su perturbadora presencia, aunque tan solo fuera por unos minutos. Tendría la oportunidad de calmar el gusanillo que sentía en el estómago y recuperar la compostura.

No le ayudó deshacer la maleta, sobre todo al ver el camisón rosa que había llevado. Aunque no era muy provocativo, era demasiado corto y los tirantes muy finos. Al menos, había tenido la precaución de llevar también una bata a juego.

Sintió un nudo en el estómago al pensar en cómo se

iba a sentir al tener a Ryan durmiendo a su lado. De lo que estaba segura era de que no dormiría demasiado.

Ryan volvió del baño y ella aprovechó para escapar.

–No tardaré demasiado –dijo tomando su neceser y pasando junto a él.

Ryan sacudió la cabeza y se preguntó qué podría hacer o decir para calmarla. Más que té, lo que Laura necesitaba era un buen trago o...

Ryan sonrió. Sería muy difícil relajar a Laura con sexo, teniendo en cuenta que la idea de compartir cama con él parecía aterrorizarla.

El hecho de que no confiara en que podía mantener las manos apartadas de ella, lo molestaba. ¿Qué era lo que le había hecho? Sí, era cierto que tenía fama de mujeriego en Sídney, pero no era un canalla ni un caradura.

Y si después de cortar con Erica surgía algo con Laura, tampoco sería un mentiroso. Pero eso no importaba. Aunque le gustara Laura, cosa que no era así, de ninguna manera empezaría con ella algo que podía acarrearle problemas en el futuro. Laura era una pieza muy valiosa para sus negocios. Además, se había dado cuenta de que era muy vulnerable.

Iba contra sus propias normas seducirla, ni siquiera por compasión. Claro que Laura tampoco se dejaría seducir. Para eso debía sentirse atraída por él, algo que evidentemente no pasaba. Pero entonces, ¿por qué estaba pensando en esas cosas?

La puerta del baño se abrió y Laura salió. Parecía algo más tranquila, pero daba igual. Estaba empezando a perder la paciencia con ella.

–No olvides lo que te he dicho sobre sonreír –le advirtió Ryan mientras bajaban la escalera diez minutos más tarde–. Venga, enséñame tus bonitos dientes blancos –añadió deteniéndose para mirarla.

Laura se esforzó en sonreír.

–¿No puedes hacerlo mejor?

–Lo siento. Supongo que estoy nerviosa.

–No sé por qué teniéndome a tu lado.

–¿Eres siempre tan egocéntrico?

Ryan se encogió de hombros.

–Supongo que sí. Supongo que es consecuencia de haber sido un buen portero de fútbol. Tienes que estar completamente seguro de lo que haces o estás perdido porque estás solo ahí fuera. No puedes tener un solo pensamiento negativo o todo se echa a perder. Pero hoy no estás sola, Laura. Me tienes a mí para ayudarte. Pero tienes que hacer algo por ti, así que sonríe y procura que sea convincente.

Laura sonrió, pero seguía sin parecer una mujer enamorada.

–Un poco mejor –dijo Ryan, sintiéndose completamente desesperado–. Anda, dame la mano.

Al ver que dudaba, le tomó ambas manos y la atrajo hacia él.

–El problema contigo es que llevas mucho tiempo apartada de los hombres y de los besos.

No pretendía hacerlo, pero de repente, perdió el control y unió sus labios a los de ella.

Durante un segundo, Laura se quedó de piedra. Aquello era lo que tanto había temido, que Ryan tratara de aprovecharse de ella. Incluso le había llevado las manos hacia atrás, obligando a que sus senos tocaran su pecho.

Laura sabía que, si quería, podía escapar de su abrazo. Lo único que tenía que hacer era llevar la rodilla a su entrepierna y la soltaría. Pero no lo hizo. En vez de eso, permaneció inmóvil permitiéndole hacer lo que estaba haciendo sin oponer resistencia ni decir nada.

Pero en cuanto la obligó a separar los labios y metió la lengua en su boca, dejó escapar un sonido. Fue un suave jadeo de sumisión.

Ryan también jadeó y, durante unos segundos más, continuó besándola apasionadamente, antes de separar bruscamente los labios y quedarse mirándola sorprendido. El pecho le subía y bajaba al ritmo de su agitada respiración.

¿Cómo podía haberle gustado lo que Ryan había hecho? Lo cierto era que le había encantado. Incluso seguía sintiendo su calor. Trató de sentirse avergonzada, incluso enfadada, por lo que había permitido que ocurriera. Pero no pudo.

De repente esbozó una cálida y tierna sonrisa que la confundió aún más.

–Creo que te caigo mejor de lo que crees –dijo Ryan dando un paso adelante para tomar su rostro entre las manos.

Antes de que Laura pudiera decir algo en su defensa, volvió a besarla. Esta vez el beso fue más cálido, pero igual de intenso y sensual que la primera vez. Sin saber cómo, se encontró rodeándolo por la cintura, estrechándose contra él.

–¡Oh! –exclamó una voz femenina.

–No te muevas –susurró Ryan antes de que se apartara.

Con una gran maestría, dejó caer las manos a su cintura y la hizo girarse. Laura trató de mostrarse relajada, pero no pudo evitar sentir que las mejillas le ardían. Por suerte, su tía parecía más preocupada en disimular su azoramiento.

–Lo siento. Tan solo he venido para ver qué os estaba entreteniendo. No pretendía...

–Está bien, Cynthia –dijo Ryan–. Deberíamos ser nosotros los que nos excusáramos por haceros esperar.

Laura no dijo nada. Se le había secado la garganta y sus pensamientos eran confusos.

–Entiendo perfectamente –dijo Cynthia–. Pero como podrás imaginarte, Jane está deseando conocerte.

–Y yo conocerla –replicó Ryan–. Por favor, indícanos el camino.

Durante el breve recorrido desde el vestíbulo hasta el porche trasero de la casa, Laura trató de recuperar la compostura mientras Ryan le daba la mano con firmeza.

Pero le resultó difícil. Su cabeza no dejaba de dar vueltas.

Al ver a su abuela sentada en una silla de ruedas en el porche, toda preocupación por lo que acababa de pasar desapareció. Laura sintió que el corazón se le encogía al ver su aspecto frágil.

–Hola, abuela –dijo soltando al mano de Ryan para inclinarse a besar a su abuela–. ¿Cómo estás?

–Bien, cariño, bien. Me alegro de que estéis aquí. ¿Así que este es el joven del que me has hablado?

Laura no pudo evitar sentirse orgullosa al ver los ojos grises de su abuela reparar en todos los detalles del rostro y cuerpo de Ryan.

–Esta vez lo has hecho muy bien, querida nieta –dijo sonriendo complacida–. ¿Cómo está, señor Armstrong? –añadió, ofreciéndole su mano.

–Muy bien, señora –dijo tomando su mano entre las suyas–. Prefiero que me llame Ryan.

–Por supuesto, Ryan –dijo sonriendo–. Pero solo si prometes llamarme Jane. Ahora, siéntate a mi lado y háblame de ti.

Ryan sonrió y obedeció.

–Entonces, pasaremos el resto de la tarde tomando té –dijo él.

–Quiero averiguar si tu carácter tiene algo que ver con lo guapo que eres.

–¡Abuela! –exclamó Laura, incómoda por lo sincera que estaba siendo su abuela.

–Está bien, querida –dijo Ryan sonriendo–. No tengo nada que ocultar. Además, conociéndote, seguro que le has contado a tu abuela todo sobre mí.

–Sí, supongo que sí.

–Entonces, no hay nada de qué preocuparse.

«Excepto que me has besado dos veces. Será mejor que pienses en la razón por la que estás haciendo esto.

Piensa en hacer feliz a la abuela, aunque solo sea por un fin de semana», se dijo Laura.

Escuchar las respuestas de Ryan a las muchas preguntas de su abuela resultó muy interesante. Enseguida se dio cuenta de que aunque conocía los éxitos de Ryan en los negocios y en los deportes, apenas sabía nada de su familia, excepto que había sido criado por su abuela. Resultó ser hijo único, nacido y criado en los suburbios del oeste de Sídney. Su padre se había largado antes de nacer y su madre había muerto de cáncer a los treinta y cuatro años, dejándolo a cargo de la abuela, una mujer viuda y que vivía de una pensión.

–Tenía muy poco, pero me daba todo lo que podía –dijo con una nota sentimental en su voz–. Fue una mujer maravillosa a la que quise mucho.

–Presumo que ya ha fallecido, ¿no?

–Hace muchos años, antes de que empezara a ganar mucho dinero. No pudo verme jugar en ningún equipo europeo, pero sí me vio ganar importantes partidos con mi equipo local cuando era un adolescente. Aunque realmente nunca los vio –comentó riendo con amargura–. Se ponía tan nerviosa que prefería estar paseando por el campo a sentarse a ver el partido. Entonces, cuando oía los gritos de alegría, se giraba para mirar si mi equipo era el que había metido el gol.

–Solía ponerme nerviosa viendo a Shane jugar al fútbol –comentó Cynthia mientras le ofrecía un plato de pastas a Ryan–. Shane es mi hijo. ¿Te ha dicho Laura que esta noche viene a cenar para conocerte? Te admira mucho.

Ryan sonrió y tomó una pasta.

–Sí, me lo dijo.

–Espero que no te importe.

–En absoluto.

Y así continuó la tarde, con Ryan mostrándose encantador y Laura sentada al sol de la tarde, sin poder evitar observarlo todo el tiempo. Estaba muy guapo y sexy.

No tardó mucho en empezar a hacer suposiciones. Si Ryan fuera su hombre ideal, si sus besos significaran algo para él, si no estuviera tratando de aprovecharse de la situación para acostarse con ella a la vez que tenía novia...

Alison había estado en lo cierto, admitió Laura en su corazón. Pero incluso al admitirlo, le costaba ignorar el hecho de que no solo había disfrutado de los besos sino que quería más. Quería más de todo lo que un hombre como Ryan tenía que ofrecer.

Debía de ser un buen amante, como evidenciaban sus besos. Salvajemente apasionado, pero tierno y cariñoso a la vez. Brad había sido un amante egoísta e ignorante, despreocupado por su placer.

Mario no había sido mucho mejor. Ninguno de los dos la había besado de la manera en que la había besado Ryan, como si fuera un hombre muriéndose de sed en medio del desierto y ella fuera el manantial que iba a devolverle la vida. Al mismo tiempo, ella había reaccionado de una manera como nunca antes lo había hecho.

Laura sabía que, si compartían cama esa noche y trataba de seducirla, acabaría siendo suya.

Aquel pensamiento la impactó. Tenía una novia, ¿no?

Pero eso no cambiaba nada. Por eso la lujuria era uno de los siete pecados capitales. Sacaba el lado más oscuro de la persona, borrando la conciencia en la búsqueda egoísta de los placeres carnales.

En aquel momento, al mirarlo, empezó a quitarle la ropa en su cabeza, imaginándoselo desnudo en la cama. Su entrepierna sería grande, poderosa y fuerte. Gritaría cuando la penetrara y gemiría cuando empezara a moverse. Ya podía sentirlo dentro, llenándola y llevándola a sitios en los que nunca antes había estado.

Laura nunca había tenido un orgasmo, pero con Ryan lo tendría. De eso estaba segura.

Aquel pensamiento la dejó sin respiración. ¿Qué le estaba ocurriendo?

Gracias a Dios que no estaba enamorada de él, porque si así fuera, estaría perdida.

De repente se dio cuenta de que su abuela le estaba hablando.

–¿Qué has dicho, abuela? –dijo y se llevó la taza a los labios.

–Sugiero que lleves a Ryan a dar un paseo por la finca antes de que se haga tarde. La cala se pone muy bonita con la puesta de sol.

–De acuerdo.

–Ven a verme cuando volváis –continuó su abuela–. Quiero hablar contigo a solas, si a Ryan no le importa.

–En absoluto.

–Bill no tardará en llegar a casa –dijo Cynthia–. Todos los sábados por la tarde va a jugar al golf y hoy me ha prometido volver a casa después de jugar. Llegará poco antes de las cinco, al menos eso fue lo que me dijo. Quizá quieras echar una partida de billar después de cenar, Ryan, si es que juegas al billar.

–Por supuesto que juego.

Jane sonrió.

–Y apuesto a que muy bien también.

Ryan sonrió.

–Se me dan muy bien casi todos los deportes y juegos.

¿Sería el sexo un deporte para él? ¿O sería un juego?

–Venga, cariño –dijo Ryan poniéndose de pie–. Vamos a dar un paseo antes de que caiga el sol.

De repente, Laura no quería estar a solas con él y menos aún en la cala, un lugar aislado, apartado de la vista de cualquiera. En cualquier caso, tenía pocas opciones, salvo ponerse de pie y hacer lo que le habían sugerido. Negarse resultaría extraño.

Ryan la tomó de la mano, como sabía que haría, y no protestó. Sin duda alguna, daban la imagen de pareja enamorada, bajando colina abajo de la mano. Pero el amor no tenía nada que ver con lo que Laura sentía en aquel momento. Trató de decir algo, lo que fuera, pero no pudo. Ryan tampoco dijo nada. Al llegar a la línea de árboles que rodeaban la cala, Ryan soltó su mano y se giró para mirarla.

–Dime lo que estás pensando.

Respiró hondo y a continuación soltó el aire lentamente, mientras ordenaba sus pensamientos. De ninguna manera iba a decirle lo que de veras estaba pensando. Pero tenía que poner alguna excusa por la manera en que había reaccionado a sus besos.

–Estaba pensando que hace mucho tiempo que no salgo con hombres.

Él frunció el ceño.

–¿Me estás diciendo que es por eso por lo que te ha gustado tanto el beso que te he dado? ¿Porque te sientes sexualmente frustrada?

Ella mantuvo la mirada fría.

–Parece una explicación lógica, ¿no te parece?

–Cierto, pero no puedo decir lo mismo. Yo no he pasado cinco años sin estar con una mujer y te aseguro que me ha gustado mucho besarte, Laura. Quizá Erica tenía razón después de todo. Y tú también.

–¿Sobre qué?

–Dijiste que no conocía a las mujeres tan bien como pensaba. Erica se enfadó mucho cuando le comenté lo que iba a hacer este fin de semana. Me dijo que me gustabas.

–¿De verdad?

–Sí. Me enfadé tanto que corté con ella al instante.

–¿Eso hiciste?

No debía alegrarse por ello, pero no pudo evitarlo.

–Sí. No quise contártelo antes porque pensé que te incomodaría. Pero tenía razón, ¿verdad? Me atraes.

–¿De verdad?

Estaba más contenta por momentos, hasta que recordó que gustarle a Ryan no tenía importancia.

–Sí, de verdad. Pero no es una buena idea que me atraigas, Laura.

–¿Por qué? –preguntó sintiéndose decepcionada.

–Trabajamos juntos y no me gusta salir con compañeras de trabajo.

–Entiendo –dijo sin sonar muy contenta.

–De todas formas, no te gustaría salir con un hombre como yo. No soy lo que buscas ni lo que necesitas.

Laura sacudió la cabeza.

–Ya no estoy segura de lo que busco o de lo que necesito.

–Entonces, déjame que te lo recuerde. Quieres un hombre que te ame, que se case contigo y que te dé hijos. Ese hombre nunca seré yo porque yo no buscó eso.

Laura frunció el ceño. ¿Qué le habría pasado a Ryan en el pasado para no querer arriesgarse a sentir algo por alguien? Algo tenía que haberle pasado porque no era natural rechazar el amor. Todo el mundo buscaba amar y ser amado.

–¿Y a qué se debe eso? –preguntó sin poder resistirse–. ¿Qué tienes en contra del amor, del matrimonio y de los niños?

–Absolutamente nada, pero no son para mí. Está bien que tengamos esta conversación. Odiaría hacer algo de lo que ambos nos arrepintiéramos. Teniendo en cuenta las circunstancias, será mejor que le pidas a Cynthia que me prepare otra habitación.

Laura contuvo la respiración.

–¡Pero no puedo hacer eso!

–¿Por qué no?

–Porque no puedo.

Ryan la miró entrecerrando los ojos.

–¿Acaso es tu orgullo el que habla? No me digas que te has sentido atraída por mí todo este tiempo.

–No seas ridículo. Nadie se ha sorprendido más que yo por la manera en que he reaccionado cuando me besaste.

–Yo no diría eso –dijo Ryan–. Yo mismo me quedé muy sorprendido. De acuerdo, entonces es un asunto de orgullo. En ese caso, no pediré una habitación separada, pero creo que dormiré en el suelo. Si compartimos cama, no creo que pueda apartar las manos de ti. Demonios, deja de mirarme así.

–¿Cómo te estoy mirando? –preguntó, tratando de parecer inocente.

No quería que durmiera en el suelo y menos aún que apartara las manos de ella.

–No intentes jugar conmigo, Laura. No juegas en mi misma liga. Erica solía decir que era un libertino.

–No creo que seas un libertino –dijo Laura, sintiéndose enfadada con Erica por decir algo tan desagradable–. Un libertino no se preocupa por los sentimientos de los demás. Es evidente que tú te preocupas por los míos al advertirme. Un libertino se aprovecharía de lo que quisiera sin pararse a pensar.

–¿Crees que se aprovecharía de esta situación?

Por un instante, su mirada se volvió tan fría que Laura se estremeció. Pero enseguida apartó la vista y se acercó al borde del acantilado. Ella se quedó mirándolo, sin saber qué decir o hacer, a la espera. Al cabo de unos minutos, el sol desapareció y empezó a refrescar. Él se giró y se acercó a ella.

–Volvamos –dijo él y, una vez más, la tomó de la mano.

Pero no había ningún afecto en su gesto. Se daba cuenta de que estaba enfadado, pero no sabía si con ella o con él mismo.

–Te prometo que no volveré a mirarte así –dijo mientras subían la colina.

–Muy bien. Y yo prometo no volver a besarte.

Capítulo 7

ES MUY guapo –fue lo primero que le dijo su abuela–. No sabes cuánto me alegro por ti.

Estaban en las antiguas habitaciones del servicio, Jane en la cama y Laura sentada en una butaca a su lado. Cynthia había hecho un buen trabajo en aquella habitación, con todo lo que su abuela pudiera necesitar. Las paredes estaban pintadas en un agradable color crema. Sobre una cómoda a los pies de la cama había una pantalla plana de televisión. El suelo de madera había sido pulido y barnizado.

–Es una persona muy especial –dijo Laura, tratando de olvidarse de la decisión de Ryan de no aprovecharse del deseo que sentía por él.

En el fondo deseaba que lo hiciera. No podía creer lo mucho que deseaba que le hiciera el amor.

–Espero que no pienses que soy grosera por preguntarte esto –dijo su abuela–. ¿Te has acostado ya con él?

Laura se aferró a los reposabrazos de la butaca. Por un instante, no supo qué decir, pero enseguida decidió contarle la verdad.

–No, abuela.

–Chica lista. Hacerse la dura es la mejor manera de atrapar a un hombre de mundo como tu Ryan. Aunque creo que no es tan duro como aparenta.

–¿Qué quieres decir?

–Sospecho que bajo esa fachada de hombre duro, tu Ryan es un hombre muy sensible. Leyendo entre líneas, no creo que su infancia haya sido un camino de rosas. Ha debido de ser difícil para él no tener padre y perder a su madre siendo un niño. A los que han tenido una infancia difícil, les cuesta confiar y ser felices. En ese aspecto, tenéis algo en común.

–Yo no he tenido una infancia difícil, abuela –dijo Laura poniéndose a la defensiva.

–¿Ah, no? Yo diría que una mujer tan atractiva como tú que sigue soltera a tu edad es porque algo no va bien, por una razón o por otra.

–Abuela, esa manera de pensar es muy antigua. Hoy en día, las mujeres no tienen que casarse para ser felices.

–Tonterías. Toda mujer quiere un compromiso y tener niños. ¿Acaso no quieres tener niños, Laura?

–Por supuesto, pero en su momento. Por favor, abuela, no empieces a habar de matrimonio e hijos durante la cena. A los hombres como Ryan les gusta marcar los tiempos. Ya me propondrá matrimonio cuando esté preparado.

–Tiene casi cuarenta años, Laura. ¿A qué ha estado esperando todos estos años?

–Supongo que a conocer a la mujer perfecta –dijo Laura no muy convencida.

–No encontrará mejor mujer que tú.

Laura sintió que el corazón le daba un vuelco al oír aquel comentario. Su abuela siempre la había querido, hiciera lo que hiciese. Había sido una adolescente problemática después de la trágica pérdida de sus padres. Por no mencionar el hecho de que había vivido en una casa que no le gustaba. Sin el cariño de su abuela, habría sido más desgraciada. ¿Cómo iba a seguir viviendo cuando le faltara? Iba a tener que aprender a hacerlo y sería pronto. Había un extraño color en la piel de su abuela que no le gustaba.

Su abuela dejó escapar un suspiro.

–Me gustaría verte casada antes de morir.

–Y me verás, abuela –dijo Laura con los ojos llenos de lágrimas.

–Tienes que darte prisa, pequeña. No me queda mucho tiempo.

–Tonterías. Llegarás a cumplir los cien.

Su abuela sonrió.

–Me conformo con ochenta, por lo que tienes poco más de un mes para que don Perfecto te haga la proposición. Creo que ahora debería descansar un rato antes de cenar. Estos días estoy muy cansada. Vete a ponerte guapa para tu novio. Te sienta bien estar enamorada.

Laura trató de no parecer culpable. Quería decirle a su abuela que el color de sus mejillas y el brillo de sus ojos eran de puro deseo. Para ella, era una experiencia nueva, lo cual podía ser el motivo por el que no supiera cómo llevarla. Si hubiera tenido muchos novios, tal vez no estaría tan confundida ni tan insegura respecto al sexo. Una mujer con más experiencia que ella, aprovecharía para seducir a Ryan esa noche en el dormitorio. No permitiría que durmiera en el suelo y lo metería en la cama para disfrutar durante toda la noche de su espléndido cuerpo.

¿Se atrevería a hacerlo? ¿Sería capaz? Seguramente no. No sabría por dónde empezar.

Laura contuvo un suspiro y se levantó de la butaca para darle un beso a su abuela.

–Te veré en la cena, abuela.

–Espero que te pongas algo bonito –dijo Jane.

Laura se acordó del vestido rojo que se había comprado y de los zapatos.

Sus latidos se aceleraron al pensar que quizá no tuviera que hacer nada. Tal vez fuera su atuendo el que consiguiera seducirlo.

–He traído un vestido rojo espectacular. Alison me ayudó a elegirlo esta mañana.

–Ah, Alison. Ha sido una buena amiga tuya durante todos estos años, ¿verdad?

–Desde luego.

–Es una buena chica. Y tú también.

«¿De veras lo soy?», se preguntó Laura al cerrar la puerta.

Una buena chica, ¿querría lo que ella quería? ¿Qué había pasado con aquello de que tenía que estar enamorada antes de acostarse con un hombre? ¿Por qué de repente lo único que quería de Ryan era su cuerpo?

Sacudió la cabeza y enfiló el pasillo que daba a la escalera.

El sonido de carcajadas de hombres llegó hasta sus oídos al pasar junto a la sala de billar. Su tío Bill había vuelto y Ryan había seguido la sugerencia de Cynthia de echar una partida de billar. Parecían estar pasándoselo bien. Era fácil suponer que Ryan se llevaría bien con su tío Bill. Sin duda alguna, Ryan sabría cómo comportarse en compañía de su tío. En ese sentido era muy listo. Era más social que ella, probablemente como resultado de dirigir una compañía de deportes. Ella solía meter la pata, mientras que Ryan parecía saber exactamente qué decir para agradar a todo el mundo.

Excepto a ella. Durante el paseo por el acantilado, no le había dicho lo que quería oír. Tampoco había hecho lo que quería que hiciera. ¿Cómo se había atrevido a besarla para luego rechazarla?

Probablemente estaba pensando que estaba siendo cruel por ser considerado y no compartir cama con ella esa noche. Era evidente que pensaba que era una mujer demasiado vulnerable para tener una aventura con alguien como él. A eso había que añadirle su negativa a acostarse con mujeres con las que trabajaba. Ambas razones mostraban a Ryan como un hombre de carácter sorpresivo, pero ¿no se daba cuenta de que había ido muy lejos? Nada iba a volver a ser lo mismo. Sintiendo lo que sentía, le iba a ser imposible seguir yendo a su oficina los viernes. Así que lo mejor que podía hacer era seducirlo esa noche y afrontar las consecuencias.

–Laura, por el amor de Dios –dijo Ryan, golpeando la puerta del baño–. ¿Por qué estás tardando tanto?

Había vuelto a la habitación a las seis y media y se había encontrado a Laura sentada en mitad de la cama, hablando con alguien por teléfono. Había asumido que era una amiga, una tal Alison, por la manera de hablar. Nada le perturbaba más que las mujeres hablando por teléfono. Si las mujeres fueran tan directas como los hombres, entonces el mundo sería un lugar mucho más sencillo en el que vivir y la vida no sería tan complicada.

Laura había interrumpido su conversación para decirle que usara el baño primero y así lo había hecho, algo molesto por su falta de atención en él. Debería haberse alegrado de que dejara de mirarlo como si fuera un postre.

Se había duchado y afeitado de mal humor. Incluso se había cortado con la cuchilla, algo que hacía años que no le ocurría. También se había olvidado de llevarse la ropa, lo que le había obligado a salir del baño con la toalla alrededor de la cintura. Ryan sabía que tenía un buen cuerpo, pero ¿qué había hecho Laura? Nada, no se había dignado a mirar en su dirección. En vez de eso, había tomado su ropa y se había cruzado con él de camino al baño, sin detenerse a mirar su pecho desnudo.

El ego masculino de Ryan se había visto tan afectado que casi había decidido abandonar su resolución de mantener las manos lejos de ella. Llevaba más de diez minutos imaginando lo que le haría cuando saliera del baño. Primero, la besaría hasta hacerla gemir. Luego, cuando se hubiera entregado a él, la tomaría en sus brazos y la llevaría hasta la cama.

Por desgracia, el paso del tiempo echaba a perder las mejores fantasías a la vez que aumentaba su impaciencia. Por ese motivo, después de que Laura llevara cuarenta minutos encerrada, Ryan había empezado a llamar a la puerta.

–Cynthia nos pidió que bajáramos a las siete y media para tomar el aperitivo –dijo Ryan.

–Me está costando arreglarme el pelo. ¿Por qué no bajas y me disculpas? Bajaré en cuanto pueda.

–De acuerdo –dijo Ryan, convencido de que una copa relajaría su temperamento.

Laura suspiró aliviada al oír la puerta del dormitorio cerrarse. No había tenido ningún problema arreglándose el pelo ni el maquillaje. Llevaba ya un rato lista, pero no había tenido el coraje de salir del baño y enfrentarse a Ryan con su vestido nuevo y sus zapatos.

Lo cual era una locura. Era lo que quería, ¿no? Quería ver cómo se le oscurecía la mirada de deseo por ella, quería estar sexy para él.

Y lo estaba.

Alison le había dado instrucciones por teléfono sobre cómo comportarse si quería tener sexo esa noche. Tenía que dejarse el pelo suelto, maquillarse los ojos y pintarse de rojo los labios. Y nada de ocultar el escote.

Laura había seguido todas las sugerencias y el resultado era espectacular. No podía creer que era ella la que estaba al otro lado del espejo. Tampoco podía creer que Alison la hubiera animado a acostarse con un hombre como Ryan.

Cuando Laura le había contado lo que había pasado hasta el momento, Alison se había sorprendido. Pero no porque Ryan la hubiera besado, sino por haber dado un paso atrás.

–¡No lo entiendo! –había exclamado–. No tiene sentido y menos aún si ya ha cortado con su novia.

Laura le había explicado que tenía por norma no acostarse con mujeres con las que trabajaba. No le había contado a Alison la aventura que Ryan había tenido con una clienta, puesto que había sido una confidencia que le había hecho.

–Pero no quieres salir con él, lo único que quieres es pasar una noche con él –le había dicho Alison con una nota de desesperación en su voz–. ¿No es así?

–Sí, claro.

–En ese caso, esto es lo que tienes que hacer...

A partir de ese momento, Alison le había dado un

listado de instrucciones sobre cómo debía arreglarse y comportarse, sobre todo cuando volvieran a la habitación al final de la noche.

Laura se había estado riendo ante sus sugerencias cuando Ryan había vuelto a la habitación. Entonces se había dado cuenta de que una cosa era hablar de técnicas de seducción por teléfono y otra ponerlas en práctica. Pero sabía que solo tendría esa oportunidad. Así que en cuanto él había salido del baño, se había metido para poner distancia entre el objeto de su deseo y ella. Más tarde, después de que él saliera cubierto con tan solo una toalla, había mantenido la mirada desviada de aquel estupendo cuerpo masculino y había seguido el consejo de Alison de actuar con frialdad e indiferencia ante sus encantos.

–Tu abuela tiene razón –le había dicho Alison antes–. Hacerte la dura es lo mejor. En cuanto te vea con ese vestido y esos zapatos, no tendrás mucho más que hacer. Pero si se resiste, tendrás que tener un plan B.

El plan B implicaba hacer un striptease.

Laura tragó saliva al imaginarse ese último consejo de su amiga. No estaba segura de poder hacerlo. Con un poco de suerte, no haría falta.

En ese momento, ni siquiera se atrevía a bajar. Todo el mundo se sorprendería al verla, no solo Ryan. No estaban acostumbrados a verla vestida de aquella manera. Ella tampoco. Hacía años que no enseñaba el escote, años desde que había pasado la noche en brazos de un hombre.

Laura frunció el ceño y reconoció que nunca se había sentido como se sentía en aquel momento. El pensar con lógica se había vuelto difícil desde que Ryan la besara esa tarde. Su mente se había concentrado en un propósito: conseguir que le hiciera el amor esa noche.

¿De veras quería que le «hiciera el amor»? Eso conllevaba una vinculación emocional con un hombre. Solo una estúpida se enamoraría de Ryan Armstrong.

«Así que dilo de otra manera, Laura Ferrugia. Lo que quieres es tener sexo con él. Eso es todo. Y una vez que termine el fin de semana, no querrás volver a verlo».

–Ryan, ve a ver qué es lo que está entreteniendo a esa chica –dijo Bill cuando dieron las ocho menos diez sin que Laura hubiera bajado.

Ryan llevaba veinte minutos en el elegante salón, hablando con el primo de Laura y su atractiva esposa rubia y bebiendo una copa de whisky. La abuela de Laura no los acompañaba, pero se uniría a ellos para la cena según le habían dicho. Se le había pasado el enfado con la ausencia de Laura, pero parecía que su respiro iba a terminarse.

–Probablemente siga arreglándose el pelo –dijo, repitiendo la excusa que ella había puesto para no bajar con él a las siete y media.

–Sí, bueno, Cynthia anunció que la cena iba a ser servida a las ocho –dijo Bill–. Y cuando Cynthia dice a las ocho, es a las ocho.

Ryan sabía que Laura no quería ofender a su tía ni a nadie de su familia. Se suponía que ese fin de semana iba a impresionarlos.

–Iré a buscarla –dijo y cruzó la doble puerta que daba al pasillo.

Estaba llegando a la escalera cuando Laura apareció arriba. No pudo evitar quedarse mirándola. Luego maldijo entre dientes.

–Será mejor que bajes enseguida. Tu familia se está impacientando.

«Y yo también», pensó mientras la veía bajar la escalera.

Nadie la hubiera reconocido como la misma persona que aparecía cada viernes en su oficina. Al recogerla esa tarde, había pensado que estaba muy guapa, pero aquello era diferente.

Estaba impresionantemente guapa con aquel vestido corto rojo y aquellos increíbles zapatos. No sabía en qué fijarse, si en su escote o en sus bonitas piernas. No queriendo incomodarla, la miró a la cara. Parecía una artista de los años cuarenta o cincuenta con el pelo ondulado cayéndole sobe su nuca desnuda.

Había habido momentos en la vida de Ryan en que se había arrepentido de lo que había hecho. Suponía que todo el mundo tenía cosas de las que se arrepentía. En aquel momento, él se estaba arrepintiendo de haberle dicho a Laura que esa noche dormiría en el suelo.

–Creo que cometí un error pidiéndote que te compraras un vestido rojo –dijo cuando Laura terminó de bajar la escalera.

–¿No te gusta?

–Sabes muy bien que sí. Estás espectacular.

–Gracias –dijo Laura–. Tú también estás muy guapo.

–¿Con esto?

No era la primera vez que Laura lo veía con chaqueta y corbata. Normalmente llevaba un traje negro, con camisa blanca y corbata gris o azul. Esa noche combinaba una chaqueta gris con una camisa de seda en color burdeos y una corbata de rayas burdeos y plateadas. Parecía el hombre más irresistible de la tierra.

De repente, Laura se preguntó cuántos amantes habría tenido. Probablemente cientos. Ella apenas dos.

Pero no iba a humillarse por conseguir que fueran tres. Al menos, eso esperaba.

¿Estaba segura de que no la rechazaría? Podía ver el deseo en sus ojos. Lo único que tenía que hacer era convencerlo de que no era tan frágil como él suponía.

–Ryan –dijo bruscamente cuando él se detuvo para abrir la puerta.

–¿Qué? –replicó él impaciente.

Laura tragó el nudo que se le había hecho en la garganta.

–Yo... no quiero que duermas en el suelo esta noche –dijo e intentó no sonrojarse, aunque no lo consiguió.

Ryan entrecerró los ojos mientras la recorría con la mirada una vez más.

–Entiendo.

Laura se preguntó qué sería lo que entendía.

–¿Así que lo de ahí arriba ha sido una farsa? –continuó Ryan.

–Sí –admitió y volvió a ruborizarse.

–No tienes por qué avergonzarte. Me siento halagado de que te importe tanto como para molestarte en hacer esos números. Sé que no es tu estilo. Aunque sinceramente, preferiría que fueras directa conmigo. Odio el engaño y la hipocresía. No hay nada malo con querer tener sexo, Laura, siempre y cuando no hagas un mundo de ello. ¿Estás segura de que es algo que quieras hacer? Piénsalo durante la cena y hablaremos más tarde, ¿de acuerdo?

Evidentemente, no esperaba una respuesta. Ryan abrió la puerta, la tomó del codo y entró con ella en el comedor.

La cena fue un éxito. Todo el mundo pensó que estaba fantástica, incluso la tía Cynthia. La comida estaba muy buena, el vino fue excelente y la conversación entretenida. Aunque Laura no habló demasiado, nadie pareció reparar en ello. Una vez dejaron de felicitarla por su aspecto, la atención recayó en Ryan. Shane y Bill lo bombardearon con preguntas sobre su carrera como futbolista. Jane parecía contenta solo de estar allí sentada contemplando a la pareja frente a ella.

Laura no estaba menos contenta. No pudo dejar de pensar en lo que Ryan le había dicho. ¿Y si finalmente la rechazaba? ¿Y si dormía en el suelo, dejándola en aquella enorme cama sola? Apenas podía soportar seguir sentada en aquella mesa, escuchando las tonterías que decían y alargando la cena. ¿No se daban cuenta de que quería terminar cuanto antes? Tenía que saber qué era lo que iba a pasar. La incertidumbre la estaba matando.

Poco antes de las diez terminaron de tomar el postre y se fueron al salón, en donde Cynthia sirvió el café en unas tazas ridículamente diminutas que debía de pensar que eran elegantes. Quizá lo fueran. Al principio no quiso tomar café hasta que recordó que la ayudaría a mantenerse despierta. Después, se tomó tres tazas. Cuando su abuela anunció que estaba cansada y que se iba a la cama, pidió que Laura la llevara. Evidentemente, no podía negarse. Al levantarse del sofá, Bill también se puso de pie y sugirió a los demás hombres ir a la sala de billar mientras las mujeres se ocupaban de recoger. En el pasado, Laura habría hecho algún comentario sobre aquel gesto machista, pero esta vez decidió morderse la lengua. De todas formas miró a Ryan, que sonrió a modo de aprobación ante su silencio.

–Gracias, querida –dijo Jane una vez en su cama–. No dejes que Ryan se olvide de darme un paseo en su coche antes de que os vayáis mañana.

Laura se quedó mirando a su abuela.

–¿Qué paseo?

–Estuviste distraída durante la cena, ¿verdad?

–Un poco.

–Pensando en ese hombre al que amas, ¿me equivoco?

–No –contestó Laura.

No había dejado de pensar en Ryan, pero no con pensamientos de amor.

Jane suspiró.

–No creo que debas esperar a que te proponga matrimonio, querida.

–¿Cómo?

–Para acostarte con él.

–Sí, claro. Puede que tengas razón.

Si esperaba que le propusiera matrimonio. Nunca se acostaría con él.

–Tengo razón. Ahora, vete. Es hora de que me duerma.

Laura dio un beso a su abuela y salió de la habitación.

Las habitaciones de servicio estaban al otro lado de la cocina, en donde encontró a Cynthia y a Lisa ocupadas lavando los platos. No dejaba de molestarle que su tío y su primo pensaran que las tareas de la casa eran exclusivamente de las mujeres, pero a Cynthia no parecía importarle. Lo cierto era que a su tía le gustaba llevar el control de la casa. Y seguramente a Lisa también.

–¿Sabes, tía Cynthia? –dijo Laura, tomando un paño para ayudar a Lisa a secar los platos–. Deberías comprarte un lavavajillas.

–¿Para qué? –preguntó Cynthia–. No te ahorran tiempo. Tienes que quitar la comida de los platos y pasarlos por agua antes de llenar esa máquina. Luego tienes que vaciarla y guardar los platos.

–Supongo que tienes razón –dijo Laura, decidida a no discutir con su tía esa noche–. Por cierto, la cena ha sido magnífica. Muchas gracias por las molestias.

Su tía se giró hacia ella, sorprendida.

–Conocer a ese maravilloso hombre te ha sentado muy bien, Laura. No solo estás más guapa, sino que tienes mejores modales.

Laura sacudió la cabeza, mientras Lisa sonreía a espaldas de su suegra. Estaba a punto de decir algo en serio, cuando Ryan apareció.

–¿Qué tal les va a estas damas? –preguntó sonriendo, mientras atravesaba la cocina hasta donde ellas estaban–. ¿Necesitan una mano?

–Cielos, no –contestó Cynthia–. Esto es asunto de mujeres. Además ya estamos terminando.

–En ese caso, ¿os importa si os robo a Laura? –dijo tomándola de la cintura–. Siempre me cansa conducir y no quiero irme solo a la cama.

Laura se alegró de no tener que decir nada. En aquel momento, le habría resultado difícil hablar.

–Podéis iros –dijo Cynthia–. Ya terminamos nosotras. Casi hemos acabado.

–Claro que sí –intervino Lisa–. Ha sido un placer conocerte, Ryan. Shane y yo tenemos cosas que hacer mañana, así que no nos veremos. Pero estoy segura de que volveremos a vernos pronto.

–Estoy seguro de ello –dijo Ryan–. *Au revoir*. Hasta mañana, Cynthia.

Y antes de que Cynthia pudiera decir nada más, como la hora del desayuno, Ryan tiró de Laura. A Cynthia le gustaba llevar la casa como a un sargento, poniendo horas para todo.

Pero los horarios rígidos de Cynthia eran la menor de las preocupaciones de Laura en aquel momento. Estaba atravesando a toda prisa el pasillo en dirección a la escalera, empujada por Ryan, que clavaba los dedos en su cadera derecha.

–¿Algo va mal? –preguntó Laura al llegar al pie de la escalera.

–Todo –contestó, empujándola escalera arriba.

–Pero...

Se sentía confusa ante su actitud agresiva. Hacía unos instantes en la cocina estaba encantador.

–Nada de peros. Y nada de hablar. Ya he hablado suficiente por un día. Ya sabía que esto no era una buena idea. Sé que ninguno de los dos estará contento por la mañana. Pero sé que esta noche sí lo estaré. ¡Y tú también! O lo estarás si te callas y me dejas hacer lo que tan bien se me da. Sé que suena arrogante, pero la falsa modestia no tiene sentido. Fui un buen portero y soy un gran amante.

En aquel momento, a Laura le daba igual que fuera arrogante. Quizá tuviera una buena razón para serlo. No había dudado ni por un segundo que no fuera bueno en el sexo y estaba a punto de descubrirlo.

Un escalofrío recorrió su columna, haciéndola estremecerse.

Ryan se detuvo al llegar arriba de la escalera y la atrajo hacia él.

–No finjas ser fría. Para mí eres muy ardiente.

Tenía razón.

–Pensé que habías dicho que nada de hablar –dijo ella con voz sensual y se estrechó contra él.

Ryan rio, pero luego se quedó en silencio y la besó. Era un beso que contaba una historia de total frustración, tanto sexual como intelectual. Ninguno de los dos podía comprender la atracción que sentía uno por el otro ese fin de semana. Para ambos era un misterio. Pero habían alcanzado el punto de no retorno, en donde no cabía la lógica y lo único que existía para ellos era el deseo.

Cuando las voces que venían de abajo amenazaron con interrumpir aquel momento, Ryan tomó a Laura en brazos y la llevó al dormitorio. Después de cerrar la puerta con el pie, atravesó la habitación y cayó con ella en medio de la cama. Siguieron besándose hasta que Ryan levantó la cabeza y tomó aire.

–Parecemos adolescentes –dijo él–. Todos son prisas.

Bruscamente se apartó de ella y se levantó de la cama.

Laura no pudo evitar que un quejido escapara de sus labios. Inmediatamente, Ryan se sentó en la cama y tomó su rostro entre las manos.

–Yo tampoco quería acabar –le aseguró–. Pero deja que sea yo quien decida lo que es mejor en esta situación. Quizá me equivoque, pero tengo la impresión de que no has disfrutado del sexo en el pasado. En caso contrario, no habrías estado cinco años sin practicarlo.

Laura parpadeó, sorprendida ante su intuición y su habilidad de controlar la salvaje pasión que los había consumido hasta unos segundos antes. A ella le habría resultado imposible detenerse, pero él sí había podido hacerlo. Por eso era un hombre de mundo, al contrario que ella que era... ¿una estúpida inocente? No, no era una estúpida, tan solo una inexperta en asuntos sexuales.

Quizá no tan inexperta después de esa noche, pensó excitada.

–¿Qué quieres que haga? –preguntó con la respiración agitada.

–Esa es una pregunta importante. Pregúntamelo luego. De momento, lo único que quiero es que te quedes tumbada y te relajes.

–¿Relajarme?

Ryan sonrió travieso.

–Tienes razón, no quiero que te relajes. Pero tengo que ocuparme de algo antes de seguir –dijo y se puso de pie.

–¿Qué?

–Voy a encender la chimenea. Empieza a hacer fresco aquí.

–No me había dado cuenta.

–Lo notarás en cuanto te quedes desnuda.

Desnuda... Laura no pudo evitar estremecerse ante la idea.

–En cuanto acabe de encender la chimenea, quiero que te quites la ropa.

Laura tragó saliva. De repente, se le había quedado la boca seca.

–Y deja de pensar. Es demasiado tarde para arrepentirse o para preocuparse. Quieres que te haga el amor y yo quiero hacértelo. Quizá nos arrepintamos por la mañana, pero ¿quién sabe? Quizá no. Tal vez cuando recordemos esta noche, pensaremos en ella como en una increíble experiencia que a ninguno de los dos nos hubiera gustado perdernos.

Capítulo 8

LAURA se levantó de la cama y se fue al baño, deseando tener un momento para recuperarse. Se quedó absorta mirándose al espejo. Se le había olvidado lo diferente que estaba esa noche. Por unos instantes le molestó que el intenso deseo de Ryan por ella no fuera más que una reacción a su aspecto sexy. Pero enseguida apartó aquel pensamiento. Por supuesto era por eso por lo que la deseaba. Así era la naturaleza masculina; sus hormonas reaccionaban enseguida a la belleza física. Tenía que admitir que incluso el sexo femenino podía caer víctima de esas atracciones superficiales. Si Ryan no hubiera sido tan guapo, ni hubiera tenido aquel cuerpo, no querría acostarse con él.

Al volver dos minutos más tarde, el fuego estaba crepitando. Ryan estaba de pie, apoyado en la repisa de la chimenea y con la mirada fija en las llamas. Se había quitado la chaqueta y la corbata y se había abierto los dos primeros botones. Parecía pensativo y estaba tan guapo, que Laura apenas podía pensar.

Se giró y la miró. Su expresión era indescriptible al mirarla de arriba abajo. Había desaparecido el ansia de sus ojos.

–¿Te he dicho ya lo guapa que estás esta noche? No, no contestes. Y no te acerques más. He cambiado de idea. No quiero quitarte la ropa. Quiero que lo hagas tú.

Laura abrió los ojos como platos.

–No seas tímida –continuó–. No hay nada de lo que tengas que avergonzarte. No, no te quites los zapatos, déjatelos puestos. El cinturón primero y luego el vestido. Pero no te lo quites por la cabeza. Bájate la cremallera y deslízatelo por los hombros.

Con manos temblorosas hizo lo que le pedía. El corazón le latía acelerado. Para cuando se bajó el vestido por los hombros, todo su cuerpo temblaba. La idea de quedarse ante él con tan solo un tanga de raso y unos zapatos de tacón, le resultaba tremendamente excitante. Al llevarse las manos al escote, sus pezones se endurecieron.

El vestido rojo de seda cayó a sus pies. Irguió los hombros al encontrarse con su mirada y, durante unos segundos eternos, ninguno de los dos se movió ni dijo nada.

–No sé si una sola noche va a ser suficiente –murmuró Ryan–. Ven aquí.

¿De dónde sacaba el coraje para caminar hacia él desnuda?

Probablemente el coraje no era un problema cuando estaba tan excitada. Nada le importaba más que tener sus ojos clavados en sus pechos desnudos.

–Detente –le ordenó Ryan cuando la tuvo a su alcance.

Ella se detuvo y contuvo la respiración hasta que alargó el brazo para tocarla. Al hacerlo, el reverso de su mano rozó sus pezones erectos y una sacudida estremeció su cuerpo, haciéndola gemir.

–Date la vuelta –le dijo a continuación.

Laura se tambaleó sobre sus tacones al hacerlo.

–Quieta –dijo tomándola de los hombros desde atrás–. Ahora, separa un poco las piernas.

Aquel pequeño e insignificante movimiento le provocó extrañas sensaciones. Nunca se había sentido tan pícara y lasciva.

Su cabeza daba vueltas. ¿Eran esas las cosas que les hacía a todas las mujeres? ¿Las hacía desnudarse no solo de ropa sino también de conciencia y orgullo? No, su orgullo no estaba en peligro. No se sentía humillada por las cosas que le había pedido que hiciera. Había visto un brillo de admiración en sus ojos al observar su cuerpo casi desnudo. Laura se había sentido orgullosa en aquel momento, quizá porque suponía que habría visto cuerpos más bonitos que el suyo. Pero aun así, parecía encontrarla muy deseable.

Le había dicho que no estaba seguro de que una noche fuera suficiente.

Para ella tampoco iba a ser suficiente, si aquella era su idea de los juegos preliminares. No pudo evitar preguntarse qué pasaría a continuación, mientras un escalofrío recorría su espalda.

De repente, Ryan se estrechó contra su cuerpo y deslizó su mano izquierda por el hombro hasta agarrar su pecho, mientras con la derecha le apartaba el pelo de la cara. Ella ladeó la cabeza y él acercó tanto su boca a su oreja, que su aliento la hizo estremecerse.

–Creo que ha llegado el momento de meternos en la cama –murmuró Ryan–. ¿Qué te parece, preciosa?

–No puedo pensar –respondió.

–Me encanta verte así –dijo haciéndola girar la cabeza hasta que sus ojos se encontraron.

–¿Cómo?

–Tan excitada –dijo pasando la palma de la mano una y otra vez por su pezón.

Ella dejó escapar un gemido de sus labios.

–Eres un libertino.

–No, pero esta noche podría convertirme en uno.

Ryan trató de mantener el control al tomarla en brazos y llevarla hasta la cama. Deseaba empujarla sobre la cama, arrancarle las bragas y penetrarla.

El sexo duro no era algo que a Ryan le gustase. Se enorgullecía de ser un amante imaginativo y tierno. Nunca se había dejado llevar por algo que pudiera resultar violento. La idea de hacer llorar a una mujer de dolor no era algo que le atrajera.

A algunas mujeres les gustaba el sexo violento, se

recordó mientras la tumbaba en la cama, pero no se imaginaba que Laura fuera una de ellas. Era evidente que, hasta ese momento, siempre había creído que tenía que estar enamorada para disfrutar del sexo. Lo cual era una falacia. El sexo era una necesidad básica de todo ser humano, como comer o dormir. No hacía falta estar enamorado para disfrutar. Ryan no había estado enamorado en su vida y había disfrutado mucho del sexo.

A pesar de que sabía que estaba cometiendo un gran error por irse a la cama con una mujer con la que trabajaba, Ryan se dijo que podía hacerle un gran favor a Laura enseñándole que el sexo y el amor no tenían que ir unidos. Después de todo, no era bueno que siguiera viviendo sin un hombre en su vida. Sus reacciones ya le habían demostrado que no era tan fría como se había mostrado con él en los últimos dos años.

Cuando se sentó a su lado en la cama y le acarició un pie, Ryan estaba casi convencido de que lo que estaba a punto de hacer tenía un lado noble.

Laura apretó los dientes mientras Ryan le desabrochaba la tira del zapato y se lo quitaba. ¿Dónde había aprendido a tratar a una mujer con tanto cuidado y esmero? Se había imaginado que las manos de un portero de fútbol serían duras. Pero no, tenían la sensibilidad y destreza de un cirujano. Cada vez que sus dedos rozaban su carne, una sacudida eléctrica recorría sus piernas.

–Siempre me han gustado tus pies con sus finos tobillos –dijo dejando el zapato sobre la alfombra y buscando el otro pie–. Y aunque me gustan estos zapatos, no puedo arriesgarme a dejártelos puestos. La idea de sentir esos tacones en mi espalda no me agrada.

Cuando la imagen de cómo podía clavarle los tacones en la espalda se formó en su cabeza, Laura sintió que el corazón se le desbocaba. Cuando le quitó el segundo zapato y empezó a deslizar sus manos por la pierna, volvió a contener la respiración. Para cuando llegó a sus muslos, tuvo que tomar aire para no ahogarse.

Su gemido atrajo la atención de Ryan a su cara.

–Esto también tengo que quitártelo, Laura –le dijo, deslizando los dedos por el borde de las bragas.

Luego, tiró de ellas hacia abajo sin dejar de mirarla a los ojos.

Al final, bajó la mirada a su entrepierna.

Laura no podía hablar. Estaba deseando que la acariciara. Sabía que estaba húmeda. Podía sentirlo.

–Ryan –dijo cuando los dedos de Ryan empezaron a acercarse.

Pero ya era demasiado tarde y la sensación era increíble.

Sus gemidos volvieron a atraer su mirada.

–¿Tienes algún problema? –le preguntó.

Estaba usando un solo dedo, pero sabía muy bien cómo hacerlo y qué tocar exactamente. Era un arma erótica de total seducción.

Laura esbozó una mueca que dejaba adivinar su dilema. Iba a correrse. Y aunque estaba deseando hacerlo, no era lo que quería. Quería hacerlo con él dentro.

–Yo, yo... ¡Tienes que parar!

Ryan se detuvo justo a tiempo y Laura se estremeció de alivio.

Ryan ladeó la cabeza y la miró frunciendo el ceño.

–¿Te importaría decirme por qué tengo que pararme? Creo que te estaba gustando lo que te estaba haciendo.

Laura se mordió el labio y apartó la mirada.

–No sé lo que quieres si no me lo dices –dijo él.

Así que se lo dijo. Su voz tembló y su rostro se sonrojó avergonzado.

–¿Eso es todo? –dijo él–. Entonces dame un par de minutos.

Se desnudó a toda prisa lanzando la ropa a una silla y se quedó en calzoncillos. Después, echó otro leño en la chimenea y a continuación buscó algo en los bolsillos de su chaqueta hasta que sacó un paquete de preservativos.

Laura se dio cuenta de que no había pensado en la protección y se alegró de que Ryan lo hubiera hecho. Claro que era de esperar, siendo un hombre con tanta experiencia.

Laura trató de recuperar la cordura, pero le resultó imposible al ver a Ryan quitarse los calzoncillos. Sabía que estaría bien dotado. Era impresionante. Su cuerpo era de los que se veían en los anuncios. Podía haber sido un modelo. Esa noche, iba a ser todo suyo.

Ese último pensamiento la excitó, pero también la asustó. A pesar de que sabía que no iba a cambiar de opinión en aquel momento. Se daba cuenta de que irse a la cama con Ryan iba a cambiar su vida. Quizá se habría detenido a valorar las consecuencias de sus impulsivos actos de esa noche si Ryan no se hubiera metido desnudo en la cama junto a ella.

–Me temo que solo me quedan dos de estos –dijo dejando los preservativos en la mesilla–. Pero serán suficientes de momento.

Cuando la hizo girarse y se colocó sobre ella, Laura gimió al sentir el peso de su cuerpo. Pero en cuanto se apoyó en los codos a ambos lados de ella, la sensación de presión desapareció.

–Abre las piernas, Laura –le ordenó–. Y levanta las rodillas. Así, cariño. Esto puede llevarnos unos segundos.

Sin usar las manos, se preparó para penetrarla. Pero no lo hizo. Empezó a moverse adelante y atrás para frotarse con ella hasta llevarla al límite. Laura sentía cada vez más tensión. Estaba desesperada por sentirlo dentro.

–Por favor –le rogó.

Entonces la penetró, pero no del todo.

–Levanta las piernas y abrázame por la cintura. Sí, así.

Laura siguió sus instrucciones hasta que se hundió del todo en ella. Entonces, Ryan empezó a moverse, alejándose unos centímetros antes de volver a embestirla. Cada vez estaba más excitada y le clavó las uñas en la espalda y los talones en las nalgas. Él respondió embistiéndola con más fuerza hasta que la hizo alcanzar el orgasmo. Laura echó hacia atrás la cabeza y su cuerpo se agitó contra el de él. Nunca antes había experimentado nada como aquello. ¡Era increíble!

–Sí –gritó.

Y mientras su cabeza seguía dando vueltas con aquella maravillosa sensación, Ryan alcanzó el éxtasis y todo su cuerpo se estremeció. Él también jadeó, emitiendo un sonido casi animal.

Aquel era sexo en su manera más primitiva, pensó Laura mientras se aferraba a su cuerpo. No podía pretender que hubiera sentimientos en aquel encuentro. No estaban enamorados. Apenas se soportaban.

No, eso ya no era verdad. Al menos en lo que a ella se refería. Le gustaba Ryan de una manera peculiar. Pero no estaba enamorada, a pesar de haberse entregado a él.

Aquel pensamiento le produjo un gran alivio. Quizá después de todo fuera capaz de soportar la idea de haber tenido una aventura sexual con él. No haría algo tan estúpido como enamorarse de él. Ya se había equivocado dos veces en su vida. Una tercera sería fatal, tanto para su estado mental como para su alma. Porque entre los planes de Ryan no estaría enamorarse de ella. Aunque no se lo había dicho tan claramente, se lo había dado a entender. En sus planes no figuraba el amor, ni el matrimonio, ni las relaciones duraderas. Para él, el sexo era un placer físico del que disfrutar de vez en cuando, de la misma manera que comía o dormía. No podía olvidarlo.

Por fin Ryan levantó la cabeza del hombro izquierdo de Laura.

–Increíble –dijo con una expresión de sorpresa en la cara–. ¿Te ha parecido tan bueno como a mí?

¿Qué podía decir? A aquellas alturas, no podía mostrarse tímida con él.

–Ha sido maravilloso.

Él sonrió.

–¿Cansada? –preguntó y Laura negó con la cabeza–. Estupendo –dijo levantándose–. Tengo que ir al baño. No te muevas.

Mientras esperaba a que volviera, Laura no pudo evitar pensar en cómo se sentiría por la mañana. No estaría avergonzada, ya que no había hecho nada para sentirse así. Después de todo, Ryan había cortado con Erica. No había nada de lo que avergonzarse en el sexo consentido de dos adultos libres.

Tiró de las sábanas para cubrirse y que no la viera desnuda cuando volviera. Le pareció algo hipócrita, ya que en el fondo le gustaba estar desnuda ante él.

El sonido del agua corriendo en el baño la hizo fruncir el ceño. Quizá fuera a darse otra ducha. Con un poco de suerte, sería una ducha rápida. No quería seguir allí sola por mucho tiempo para no empezar a arrepentirse.

Por desgracia, el tiempo empezó a pasar y el agua seguía corriendo.

Su preocupación fue en aumento. No le preocupaba cómo se sentiría al día siguiente, sino cómo se sentiría en el futuro. ¿Y si Ryan quería que su aventura durara más que el fin de semana? ¿Acaso no le había dicho que una noche no era suficiente? A pesar de que se había sentido halagada por sus palabras, no estaba segura de que seguir acostándose con él fuera lo más prudente. Quizá no estuviera enamorada de él en aquel momento, pero ¿cuánto tiempo pasaría antes de que sus sentimientos se vieran alterados? No era una de esas mujeres que se contentaran solamente con el cuerpo de un hombre.

Al menos, eso pensó hasta que la puerta del baño se

abrió y aquel impresionante cuerpo masculino volvió al dormitorio.

–¿Por qué te cubres con la sábana? –preguntó Ryan acercándose a la cama–. Pensé que eso ya lo habíamos superado.

Tiró de la sábana y se la apartó. Después se inclinó y la tomó en sus brazos.

La sensación de que la abrazara desnuda era deliciosa y muy excitante. Estaba deseando que le volviera a hacer el amor.

–Nos vamos a dar un baño –dijo él–. No te molestes en decir que no. Es demasiado tarde para que te muestres tímida.

No dijo que no ni al baño ni a lo que le hizo una vez dentro de la bañera. Laura se rindió a sus deseos y dejó que la enjabonara, la acariciara y la colocara como quiso para tener mejor acceso a todas sus zonas erógenas. Le permitió que se tomara todas las libertades que quiso con su cuerpo y, aunque estaba deseando alcanzar el orgasmo, no pudo ya que Ryan parecía saber en qué momento detenerse para impedirlo. Además, le pidió que esperara a tenerlo dentro de nuevo para que su placer se viera multiplicado.

Así que aguantó, sintiendo una sensación de desesperación desconocida para ella. Las continuas caricias habían convertido sus pezones en dolorosos picos que ante cualquier roce la hacían gemir. Tenía el vientre duro como una piedra por la tensión, le dolían los muslos y su vagina deseaba ser penetrada. Cada vez que sus dedos la rozaban, sus músculos se contraían mientras su clítoris hinchado vibraba de deseo.

–Ryan, por favor. ¡No puedo soportarlo más! –exclamó cuando no pudo más.

Estaba sentada a horcajadas sobre sus muslos mientras él le enjabonaba los pechos. Su pene erecto asomaba como un misil.

De pronto Laura se dio cuenta de que podía hacerle mucho daño si quería. La había hecho desearlo y estaba dispuesta a hacer lo que él quisiera. En ese momento comprendió por qué aquella clienta se había obsesionado con él. Ryan era la clase de hombre que podía obsesionar fácilmente a una mujer.

Laura se sintió aliviada cuando Ryan dejó a un lado el jabón y la hizo salir de la bañera. Se sentía tan agradecida que unas lágrimas asomaron a sus ojos. El temor de que dejara de hacerle el amor la mantenía en vilo, y tuvo que contenerse cuando empezó a secarla con delicadeza y esmero. Porque en aquel momento no quería que fuera dulce y tierno con ella. Lo único que quería era que la llevara a la cama y se aprovechara de ella.

–Qué lástima –dijo secándole las puntas del pelo–. Solo nos queda un preservativo. ¿Te gusta el sexo oral? –preguntó, manteniéndole la mirada.

Laura tragó saliva.

–No exactamente.

A Brad le gustaba el sexo sin preámbulos. Por su parte, Mario era más maduro y experimentado, o al menos eso le había parecido entonces. Le gustaban las felaciones. Ella le había hecho todo lo que había querido porque lo había amado y había creído que él también la amaba. Pero nunca le había gustado hacérselas.

–¿Cómo es eso? A la mayoría de las mujeres les encanta.

–¿De verdad?

–Al menos con las que he estado. ¿Quieres que te haga cambiar de opinión?

De repente se dio cuenta de que se estaba refiriendo a que iba a practicarle sexo oral a ella y no al revés. Aquello era territorio desconocido para ella. Brad nunca se lo había propuesto y Mario tampoco. En una ocasión cuando había sacado el tema, Mario le había dicho que era humillante para un hombre. Se lo había creído porque a ella tampoco le resultaba agradable. Pero ahora, tenía delante a un hombre que estaba afirmando que le gustaba.

–Veo que he despertado tu curiosidad –dijo Ryan sonriendo con satisfacción–. Venga, pongámonos a ello.

A los pocos segundos la había hecho tumbarse en la cama y con sus labios le estaba causando estragos a la velocidad de la luz, desde la boca pasando por los pechos y el ombligo hasta su sexo. Se aferraba a las sábanas con ambas manos mientras él se acercaba poco a poco a aquel punto que reclamaba atención. Entonces llegó allí y empezó a lamerle aquel bulto de carne. Al instante, Laura arqueó la espalda mientras su cuerpo se dirigía hacia el abismo.

De pronto Ryan se detuvo y levantó la cabeza para mirarla a los ojos. Parecía tranquilo, a diferencia de ella.

–No tan rápido, Laura. Será mejor que esperes un poco.

–¡Pero no quiero esperar! –gritó desesperada.

Él sonrió.

–Pues voy a hacerte esperar, cariño.

–No soy tu cariño –replicó molesta.

–Pensé que me dijiste que no te gustaba el sexo oral –continuó él.

A continuación se levantó y le acarició los pechos con sus manos expertas.

–Me refería a las felaciones –dijo tratando de no jadear.

–Ah, entonces eso es un asunto completamente diferente. Pensé que una mujer tan lista como tú disfrutaría la sensación de poder que una felación te da. ¿No te gustaría verme estremecer al igual que yo te estoy haciendo estremecer? ¿No te gustaría hacerme perder el control? Tómatelo como si fuera un reto. Porque te prometo que no suelo estar tan tranquilo como en este momento. En esos escasos momentos de locura, seré completamente tuyo. ¿No te resulta una idea sugerente?

Laura se quedó mirándolo fijamente.

–¿Es por eso por lo que accediste a dormir conmigo esta noche? –preguntó–. ¿Era un reto para ti?

Los dedos de Ryan se quedaron inmóviles sobre su pecho y su mirada se tornó reflexiva.

–Tengo que reconocer que acostarme contigo me ha gustado mucho. Ha sido un placer, pero ¿un reto? No, no puedo decir que esa fuera mi idea, aunque he de reconocer que eres un desafío para un hombre de sangre caliente. Desde el momento en que me dijiste lo que querías, mi principal objetivo ha sido darte la clase de placer sexual que evidentemente nunca has tenido. Está claro que el hombre que tanto daño te hizo era un incompetente en la cama. Supongo que sería un jovencito inexperto.

–No –contestó–. Mario no era ningún jovencito. Aunque Brad sí.

–¿Quién demonios es Brad?

–Mi primer amante. Era un compañero de la Facultad de Derecho que simuló estar enamorado de mí para tener una habitación gratis. Descubrí la verdad un día que me lo encontré en la cama con otra.

–¡Qué encantador! ¿Y ese Mario? ¿Por qué fingió estar enamorado de ti?

–¿Cómo sabes que fue así?

–No hace falta ser un genio para darse cuenta. Solo quiero saber por qué lo hizo. No, no me lo digas. Deja que lo adivine. Era un cliente, ¿verdad? Tenía un juicio complicado y quería que su abogada le sacara las castañas del fuego. ¿Quién mejor que una mujer enamorada de él?

Laura sacudió la cabeza.

–Creo que eres un genio.

Él sonrió.

–Si tú lo dices... ¿Por qué iba a ser juzgado?

–Por evasión de impuestos. Si hubiera perdido, le habría costado millones.

–Pero no perdió, ¿verdad? Ganaste su caso.

Laura suspiró.

–Sí.

–Y entonces, te dejó.

–Así fue.

Al recordarlo, se dio cuenta de que Mario había sido un sádico. Había disfrutado al decirle que la había utilizado. Le había gustado herirla y humillarla. Al menos, Brad no había sido tan retorcido. Se había sentido muy culpable al ser descubierto en la cama con otra. Mario era incapaz de sentirse culpable porque no tenía conciencia. No había sentido lástima al enterarse de que hacía un año que Mario había terminado en la cárcel. De Brad, había oído que se había quedado sin trabajo al ser despedido por conducta inapropiada.

–No me extraña que hayas estado hibernando sexualmente –dijo Ryan–. Pero me alegro. Tengo que reconocer que hacía años que no me divertía tanto con una mujer.

–¡Divertirte! –exclamó.

No sabía si sentirse halagada. Decir que el sexo con ella era divertido no era romántico. Claro que tampoco quería que se pusiera romántico con ella, ¿no? Aunque tampoco le gustaba que se refiriera a lo que estaba haciendo como diversión. Era humillante.

–El sexo para ti es solo un juego, ¿verdad?

–Mira, Laura, no te pongas arrogante conmigo. Acabo de demostrarte que el buen sexo no tiene por qué ir vinculado al amor. Aunque el haber estado enamorada en el pasado no ha sido garantía de buen sexo –señaló–. El sexo por el sexo, sin las complicaciones que la parte emocional conlleva, puede ser un placer. Me gusta tomarme el sexo como un juego, en el que el placer va en aumento con el tiempo y la práctica. A lo largo de los años, he dedicado mucho tiempo y práctica a perfeccionar mis habilidades en la cama. Créeme cuando te digo que hay muchas cosas que puedo hacer contigo. Como ya te dije, una noche no va a ser suficiente. Si estás de acuerdo, continuaremos nuestra aventura cuando volvamos a Sídney. Después de todo, ya hemos cruzado la línea. Lo mejor que podemos hacer es aprovechar y disfrutar.

Laura se quedó mirándolo fijamente. Seducía con las palabras tan bien como con su cuerpo. Ese pensamiento le hizo acordarse de Brad y Mario. Ambos tenían picos de oro. Ahora se daba cuenta de que la habían seducido más por lo que habían dicho que por lo que habían hecho. Se había enamorado de sus mentiras sobre lo mucho que la querían porque deseaba ser amada. Ni siquiera habían sido buenos amantes, sino buenos mentirosos.

Al menos, Ryan era un buen amante y no un mentiroso.

–¿Estás de acuerdo, querida Laura? –preguntó él, hablándole junto al oído.

¿Qué otra cosa podía hacer más que asentir?

–En ese caso –continuó Ryan mientras tomaba el último preservativo–, creo que ya hemos esperado suficiente.

Laura pensó que había sido increíble la primera vez que le había hecho el amor. La segunda vez hubo más magia. Una vez la penetró, se tomó su tiempo, llevando un ritmo lento y sensual con las caderas. En ningún momento temió no alcanzar el orgasmo porque sabía que lo haría. Y cuando lo alcanzó, él también lo hizo en perfecta armonía con ella.

Laura se sentía aturdida. Sexualmente, parecían hechos el uno para el otro, pero emocionalmente eran muy diferentes. En aquel momento, lo único que quería de Ryan era sexo. Pero sospechaba que, si mantenía aquel grado de intimidad física, acabaría enamorándose de él.

La vida era muy cruel, decidió Laura, siempre sintiendo atracción por hombres que no le daban lo que quería.

Pero al menos esta vez estaba preparada. Ryan no pretendía engañarla. Todo lo que le ofrecía era una relación estrictamente sexual, sin ningún compromiso. Y aunque no entendía por qué se oponía tanto al amor y al matrimonio, no tenía más remedio que aceptarlo. No tenía sentido enfadarse por eso. Si quería seguir disfrutando de lo que había disfrutado, tendría que aceptar sus condiciones sin esperanza de nada más.

Claro que eso suponía poner en riesgo de nuevo su corazón y su felicidad. Pero le era imposible rechazar lo que Ryan le estaba ofreciendo. Ya era adicta a la excitación que le provocaba, a los placeres que le daba, además de a aquellos interminables orgasmos. Su cuerpo seguía temblando, al igual que el de él.

–Enseguida vuelvo, Laura –dijo antes de soltarse de su abrazo.

Ella gruñó, mientras su cuerpo languidecía. Su mente también. No quería volver a dormirse ni que aquella noche terminara. Pero tan pronto como Ryan dejó la cama, Laura se tumbó de lado y se quedó dormida.

Ryan volvió a la cama y encontró a Laura dormida. Se habían acabado sus planes eróticos para el resto de la noche.

Tal vez fuera lo mejor. Estaba aturdido. Había sido un día muy largo, un día extraño. ¿Quién habría adivinado que acabaría acostándose con Laura y que disfrutaría tanto? La cubrió con las sábanas con mucho cuidado para no despertarla antes de meterse en la cama. Quería pensar, algo que no había podido hacer por la excitación.

No tardó mucho en darse cuenta de que había cometido una terrible equivocación esa noche. Laura no era solo una colega del trabajo, sino que no era la mujer fría y profesional por la que siempre la había tenido. Si lo fuera, no estaría preocupado por continuar la relación con ella. Bajo la fachada de mujer dura, había una criatura muy dulce y tremendamente sexy.

Y ese era el problema. El atractivo de Laura era diferente a lo que Ryan solía buscar. Le gustaban las mujeres pícaras y atrevidas, y muy experimentadas, que supieran cómo hacer disfrutar a un hombre. Nunca le habían atraído las mujeres tímidas a las que había que seducir. Y nunca se había llevado a una virgen a la cama.

Aunque Laura no era virgen, por lo que había visto esa noche, lo parecía. En el fondo, le gustaba que fuera tan inexperta. Sus reacciones a las cosas que le había hecho eran frescas, llenas de sorpresa y agradecidas, por no mencionar apasionadas. Sus orgasmos habían sido muy intensos.

Le molestaba que Laura hubiera estado enamorada de dos canallas. Pero así era el amor. Nada tenía sentido. Era irracional y a veces autodestructivo, sobre todo en lo que a las mujeres concernía.

Lo que le llevó al principal problema que se le planteaba con Laura. ¿Y si se enamoraba de él?

No podía pretender que eso no pasaría. Las mujeres acababan enamorándose muchas veces de hombres que al principio no les caían bien.

Ryan no quería hacerle daño. Se había pasado toda su vida evitando hacer daño a las mujeres, aunque no siempre lo había conseguido. Pero nunca las había herido deliberadamente.

¿Acabaría haciendo daño a Laura si seguía acostándose con ella? Esa era la pregunta que tenía que contestar antes de que se hiciera de día, o más bien, antes de que el cansancio hiciera que se quedara dormido. Frunció el ceño. Quizá la hiciera más daño si se detenía. Era evidente que le había gustado el sexo de esa noche. Si ponía fin a aquella historia por la mañana, pensaría que algo iba mal o que se había aburrido de ella. Se lo tomaría como un rechazo personal. Las mujeres solían culparse cuando un hombre las rechazaba. Hacerlo después de una noche juntos sería cruel.

Además, no había ninguna garantía de que Laura quisiera tener una relación sentimental con él. Tenía treinta años y era abogada. No era una joven inocente y ya sabía que él no buscaba una relación seria.

Si seguía acostándose con él, entonces el riesgo sería de Laura, ¿no? Su felicidad futura no era responsabilidad de él. Era una mujer adulta que podía decidir por sí misma lo que quería hacer. No la obligaría a seguir con aquella aventura. Era ella la que tenía que tomar esa decisión. Pero por la mañana, le preguntaría si eso era lo que quería. Así le daría la oportunidad de cambiar de idea.

Sintiéndose mejor, Ryan se estiró y cerró los ojos. Pero enseguida volvió a abrirlos. Si Laura decidía continuar con aquella relación, algo que seguramente haría, tendría que buscarse un nuevo abogado. Eso lo dejaría bien claro.

No mezclar el trabajo con el placer era una norma que Ryan no pretendía saltarse.

Capítulo 9

RYAN se despertó antes que Laura. Sin pensárselo, se acurrucó contra ella, abrazándola por la espalda. Al instante tuvo una erección, haciendo desaparecer cualquier idea de darle la posibilidad de cambiar de opinión acerca de seguir con su relación sexual. Enseguida empezó a acariciarle los pechos, sacándola de su sueño, y se regodeó con la manera en que empezó a jadear.

Entonces se acordó de que no le quedaban más preservativos.

Maldijo enfadado y se levantó de la cama. Se fue al cuarto de baño y se dio una ducha, quedándose bajo el agua hasta que fue capaz de controlarse. Cuando salió envuelto en una toalla, Laura ya estaba completamente despierta y sentada en la cama, con una sábana cubriéndole los pechos.

–Siento lo de antes –murmuró él, dirigiéndose al armario para sacar algo de ropa–. Se me había olvidado que nos habíamos quedado sin protección.

Laura también sentía que hubiese parado.

–El baño es todo tuyo, aunque tendré que entrar para afeitarme –añadió Ryan–. En otras circunstancias, prescindiría de ello, pero creo que a Cynthia no le parecerá bien. Y a tu abuela tampoco.

–Seguramente tienes razón respecto a tía Cynthia, pero a mi abuela no le importará. Le gustan los hombres con aspecto muy masculino.

«Como a mí», pensó Laura mientras se deleitaba contemplando la espalda de Ryan.

Le gustaban sus anchos hombros y la estrechez de su cintura y caderas, los músculos de su espalda y de sus brazos, y la fuerza de sus piernas.

–En ese caso, no me molestaré.

Se quedó a ver cómo se vestía. Se puso los vaqueros negros del día anterior y una camiseta blanca debajo de otra negra de manga larga. ¿Por qué los hombres estaban tan sexys vestidos de negro?

De pronto se giro, mirándola pensativo.

–Antes de que se me olvide, tengo que preguntarte algo.

El corazón de Laura se encogió.

–¿De qué se trata?

–¿Estás segura de que quieres seguir acostándote conmigo? Si prefieres dejar que sea una aventura de una noche, lo comprenderé.

Aquello pilló por sorpresa a Laura, que se quedó consternada. ¿Era su manera de poner fin a aquello?

–No te entiendo, Ryan. Pensé que esta mañana seguías deseándome.

–Así es.

–Entonces, ¿cuál es el problema?

–No hay ningún problema por mi parte. Tan solo quería darte la oportunidad de cambiar de opinión. A veces las cosas se ven diferentes por la mañana. Las ideas son más claras.

–Muchas gracias, pero tengo las ideas muy claras –dijo Laura.

Odiaba que los hombres se comportaran como si las mujeres fueran criaturas estúpidas.

–Espero que te des cuenta de que convertirte en mi amante no será algo perpetuo. Además, eso supondrá el final de nuestra relación profesional.

Laura estaba empezando a impacientarse.

–Está bien. Tengo mis normas acerca de tener relaciones con los clientes.

Ryan arqueó las cejas.

–Ah, sí. Se me olvidaba que ya lo habías hecho antes. Claro que estabas enamorada de aquel cliente en particular. ¿Por eso terminó tan mal?

–Ya entiendo. Tienes miedo de que acabe enamorándome de ti.

–Algo así.

–Eres el hombre más arrogante que he conocido.

–Me agrada saber que no soy el más libertino.

–Eso es discutible.

Él sonrió.

–Me gusta cuando te pones insolente.

–¡Eso es porque te sientes más seguro!

Ryan rio.

–En este momento, nada tuyo me hace sentir a salvo, Laura. Es por eso que quiero que lleves ese bonito cuerpo al cuarto de baño en donde no pueda ponerle las manos encima.

Laura intentó seguir enfadada con él. Pero ¿cómo hacerlo después de haber halagado su cuerpo, por no mencionar aquel deseo incontrolable por ella?

–Entonces, tendrás que darte la vuelta –dijo fingiendo altivez–. No quisiera que perdieras el control al ver mi bonito cuerpo desnudo.

–¿Tienes que recordármelo? –dijo girándose para darle la espalda–. Venga, arréglate. ¡Y vístete de una vez!

–No puedo. Tengo la ropa ahí, donde estás.

–En ese caso, métete en el baño tal y como estás. Pero no estaré aquí cuando salgas. Estaré abajo, hablando en alguna parte con Cynthia.

Ryan respiró aliviado una vez Laura se hubo ido al baño. No se había equivocado con su comentario de que podía perder el control ante su desnudez. Había hecho todo lo posible para mostrarse tranquilo y razonable al darle la oportunidad de cambiar de opinión y al recordarle que una relación con él no sería duradera. Pero debajo de su fría fachada, había estado intentando ignorar las señales que su cuerpo le había enviado.

No estaba seguro de lo que habría hecho si le hubiera dicho que no, que no quería volver a acostarse con él. Tenía la sospecha de que su actitud quizá no hubiese sido muy noble. Solo la idea de saber que se la llevaría a la cama esa noche y muchas otras noches venideras, había puesto algo de cordura en su cabeza y control en su cuerpo.

Ryan sacudió la cabeza al sentarse para ponerse los calcetines y los zapatos. Hacía mucho que no sentía algo por una mujer tan fuerte como lo que sentía por Laura. De hecho, no recordaba que le hubiera pasado alguna vez.

Cualquier otro hombre habría pensado que se estaba enamorando, pero Ryan no. No era capaz de sentir amor desde que viera de cerca lo que el amor le había hecho a su madre. Por aquel entonces, Ryan tan solo tenía doce años y se había prometido no enamorarse ni casarse ni tener hijos. Y no había ocurrido nada desde entonces que le hubiera hecho cambiar de opinión en ese aspecto.

Así que no, no estaba enamorado de Laura. Era deseo lo que sentía en aquel momento, un deseo que se había hecho más intenso al comprobar su falta de experiencia sexual. Estaba deseando que la noche llegara cuanto antes.

–Gracias a Dios que me has llamado –fueron las primeras palabras de Alison–. Llevo toda la mañana muriéndome de curiosidad.

–Son solo las diez y media –le dijo Laura a su amiga–. No he podido llamarte antes. No he tenido un minuto.

Era una mentirijilla. Había pasado un buen rato a solas antes del desayuno, pero se había dedicado a poner orden a su cabeza. Tan pronto como Ryan había salido de la habitación, Laura había sentido dudas sobre lo que había accedido a hacer.

Estaba enfadada consigo misma, no por acostarse con él la noche anterior, sino por acceder a acostarse con él sin que le ofreciera nada a cambio. No le había dicho nada de convertirse en su novia, o de salir juntos. Tan solo se había referido al sexo. Además, le había anunciado que dejaría de ser su cliente. ¿Qué excusa podría haber puesto ella? Aquel hombre estaba dispuesto a salirse con la suya.

El problema estaba en que lo deseaba incluso con sus condiciones. La sorpresa y la vergüenza de admitir aquello eran casi imposibles de soportar.

Había tenido que obligarse a bajar la escalera y había evitado mirar a Ryan durante el desayuno. Se había encontrado a toda la familia en la cocina, disfrutando de un desayuno típico inglés de los que preparaba su tía Cynthia. A Laura nunca le había gustado comer demasiado por la mañana, pero esta vez se sirvió beicon, huevos, alubias y tomates fritos, además de tostadas. De esa manera, no tendría que hablar demasiado.

Después de desayunar, ayudó a su tía a recoger mientras Ryan cumplía su promesa de sacar de paseo a Jane en su descapotable. Media hora más tarde, seguían sin regresar, lo que permitió a Laura llamar a su amiga.

–Pareces nerviosa –dijo Alison–. Por favor, no me digas que no pasó nada anoche entre vosotros.

–Sí, pasó algo.

–Venga, cuéntamelo.

Laura le contó todo, aunque no con detalle. Algunas cosas eran demasiado íntimas para mencionarlas. Le habló de lo que Ryan le había dicho al despertarse, además de su decisión de continuar su relación con él a pesar de que sabía que no conduciría a ninguna parte.

–Por favor, no me digas que soy una estúpida –concluyó.

–Por supuesto que no. Si estuviera en tu lugar, yo haría lo mismo.

–¿De verdad?

–Claro que sí. Después de todo, Laura, ¿qué otra alternativa tienes? ¿Volverte más amargada y frustrada, y seguir odiando a los hombres?

–¿Y si me enamoro de él? –preguntó, diciendo en voz alta sus peores temores–. No puedo volver a enamorarme del hombre equivocado.

–Pero este hombre es diferente a los otros dos. ¿No te das cuenta? Los otros te hicieron creer que te querían. Lo único que Ryan quiere de ti es tu cuerpo.

–Eso suena muy mal.

–A mí no. A mí me parece increíblemente sexy. Aprovecha. Y si te enamoras de él, ¿qué más da? Quizá estés un poco triste cuando se acabe, pero no te sentirás amargada y traicionada. Tendrás unos recuerdos maravillosos de un gran amante que te hará ver lo guapa y atractiva que eres. ¿Y quién sabe? Tal vez acabes siendo la elegida.

–¿Cómo?

–La elegida para hacerle cambiar de opinión acerca del amor y del matrimonio.

Laura rio.

–No conoces a Ryan.

–No, pero me gustaría. ¿Por qué no vienes con él el próximo fin de semana y hacemos una barbacoa?

–No creo que quiera esa clase de relación.

–¿Quieres decir que solo quiere sexo y nada más? –preguntó Alison sorprendida–. ¿Nada de citas?

–Eso creo.

–Eso sí que me parece vulgar. No habrás aceptado eso, ¿verdad, Laura?

–Me temo que sí. He aceptado cualquier cosa con él.

–Oh, querida...

–¿Qué quieres decir?

Alison se calló antes de decirle a su amiga que parecía haberse enamorado ya de él. No adelantaba nada con decírselo. Tenía la sensación de que aquella aventura no iba a terminar bien para Laura, pero tampoco estaba dispuesta a decírselo.

–No me gusta la idea de que accedas a todo. No pierdas tu orgullo por un hombre por muy bueno que sea en la cama.

–Hace un minuto te parecía muy bien que solo tuviera sexo con él.

–Y así es, pero ten cuidado.

De pronto, Alison se arrepintió de haber animado a Laura a acostarse con él.

–Tengo que colgar, Alison. Oigo llegar el coche de Ryan.

–Llámame esta noche.

–Mejor mañana. Puede que esta noche esté ocupada.

«Claro, el dueño y señor del dormitorio querrá otra sesión como la que tuvo anoche», pensó Alison.

De repente se dio cuenta de que Ryan iba tras la inocencia de Laura. Ella no era como las bellezas con las que los playboys solían irse a la cama. Era una mujer encantadora y sincera con un gran corazón y que no solía acostarse con cualquiera. Era demasiado vulnerable para alguien como Ryan Armstrong.

Alison deseó poder retirar todos los estúpidos consejos que le había dado a Laura. Tenía que haberse dado cuenta de que su amiga no estaba preparada para una aventura estrictamente sexual. Iban a volver a hacerle daño y ella iba a ser responsable en parte. Pero ya era demasiado tarde. Lo único que podía hacer era estar a su lado cuando todo terminara, algo que no quería que ocurriera.

Capítulo 10

TU FAMILIA no está tan mal –fue lo primero que le dijo Ryan mientras se alejaban de la casa.

Laura suspiró.

–Han sido muy agradables este fin de semana –admitió–, pero todo se debe a tu presencia. Has tenido a mi abuela comiendo de tu mano. ¿Qué demonios le dijiste durante el paseo? Parecía mucho más contenta que ayer.

–Apenas dije una palabra. Ella fue la que habló durante casi todo el tiempo. Me dijo por dónde ir y seguí sus indicaciones. Me enseñó el pueblo y la iglesia, la que está junto a los jardines de Hunter Valley. Por cierto, me pidió que te dijera que es allí donde quiere que se celebre su funeral.

–Vaya por Dios.

–No se puso sentimental, tan solo estaba siendo práctica.

–Pero ya no se va a morir. Tardará años en hacerlo. ¿Qué más te dijo? ¿Te preguntó cuándo íbamos a comprometernos?

–No directamente, pero sí me dijo que en esa iglesia se celebraban muchas bodas.

–¿Y qué dijiste?

–Nada, que lo recordaría.

–Debiste de decirle algo para que estuviera tan contenta contigo.

–Le prometí venir a la fiesta por su ochenta cumpleaños en noviembre.

–Oh, no. ¿Crees que ha sido una buena idea?

–No veo por qué no.

–Quiero decir que quizá no duremos tanto.

La conversación con Alison le había hecho darse cuenta de que no debía hacerse ilusiones.

–Mis novias suelen durarme algo más de dos meses.

Laura trató de mantenerse fría, pero le resultó difícil puesto que su corazón latía feliz.

–¿Quieres decir que pretendes que nuestra relación sea pública?

–¡Por supuesto! ¿Qué habías imaginado, que te mantendría en secreto?

Laura no podía decirle la verdad, que había estado imaginándose precisamente eso.

–Supongo que sí. No soy una mujer guapa y glamurosa como con las que sueles salir.

–Dios mío, Laura, ¿te miraste al espejo anoche? Estabas tan guapa y glamurosa como cualquiera de mis novias.

–Pero sabes muy bien que no suelo vestirme así.

–No hay razón para que no lo hagas. Lo único que tienes que hacer es ir a comprar ropa nueva y maquillarte de vez en cuando.

–La gente del trabajo se preguntará qué me ha pasado.

–¿De verdad te preocupa lo que piensen?

–Sí –admitió ella.

El resultado de aquel cambio radical iba a traer consecuencias. No quería que sus colegas se rieran de ella a sus espaldas. No quería quedar como una estúpida cuando les dijera que Ryan había dejado de ser su cliente porque estaba saliendo con él. Todos sabían cómo era. Las mujeres habían comentado en muchas ocasiones que era un rompecorazones.

–No, Ryan –dijo Laura al cabo de unos segundos y se sorprendió a sí misma.

–¿No qué? –preguntó sorprendido.

–No quiero comprar un vestuario nuevo y no, no quiero ser tu novia.

De pronto, se hizo un silencio tenso en el coche. Laura vio que los nudillos de Ryan blanqueaban mientras se aferraba al volante.

–No hablas en serio –dijo por fin, con una nota de incredulidad.

–Claro que sí.

–¿No quieres volver a dormir conmigo?

–No he dicho eso.

Ryan se quedó sorprendido, aunque no tanto como ella al oír en voz alta sus pensamientos. Era ella la que quería mantener su relación en secreto y no al contrario.

–No puedes estar diciendo lo que creo que estás diciendo –dijo él, no muy contento al verse relegado al papel de amante secreto.

Una vez asumido el shock de su sugerencia, Laura descubrió que la idea le gustaba. ¿Qué mejor manera de protegerse del dolor y la humillación que manteniendo su aventura estrictamente sexual y en secreto, además de breve? Decidió que una o dos semanas sería suficiente para saciar el deseo que seguía ardiendo en ella. Sería tiempo suficiente para satisfacer la curiosidad que sentía por las cosas eróticas que Ryan quería enseñarle.

–Será la mejor solución –dijo, sintiéndose exultante por haber tomado el control de su destino–. Eres un gran amante, Ryan, probablemente el mejor que tenga en mi vida. Por eso quiero disfrutar un poco más de tu increíble talento en la cama. Pero ambos sabemos que no puedes darme lo que quiero, un marido y una familia. A eso hay que añadir que ya soy mayorcita. Sinceramente, ser tu novia, aunque sea tan solo por unos meses, es malgastar el tiempo. Lo cierto es que quiero disfrutar del sexo contigo, pero no por mucho más tiempo. Un par de semanas más estaría bien. Me doy cuenta de que mi propuesta puede herir tu ego, pero piensa en el lado positivo: no tendrás que llevarme a ningún sitio ni invitarme a cenar a restaurantes caros.

No tendrás que conocer a mis amigos. Lo único que tendrás que hacer será...

–¡Ni se te ocurra usar esa palabra! –exclamó Ryan.

–Solo iba a decir «echar un polvo».

Lo cierto era que iba a decir «hacerme el amor».

–Esa expresión también la odio.

–¿Te estás poniendo susceptible? Lo dice un hombre que no tuvo reparos en decirme que lo único que le interesaba era el sexo. ¿Cómo prefieres llamarlo?

–Preferiría que te convirtieras de verdad en mi novia.

Laura apretó los labios para evitar caer en la tentación de decir que sí.

–Lo siento, no puedo hacerlo.

–¿Lo sientes? No creo que lo sientas.

–Y yo creo que no deberías apartar los ojos de la carretera –dijo Laura cuando el coche dio un bandazo.

Ryan soltó una maldición y no se molestó en disculparse. En vez de eso, se quedó en silencio, mientras el coche avanzaba como solo un deportivo podía hacerlo. Laura también permaneció callada, decidida a no flaquear en su decisión de llevar el control de su vida y de aquella aventura. Habían cruzado el puente del río Hawkesbury y estaban llegando a las afueras de Sídney.

–De acuerdo, ahora que me he calmado, te diré cómo veo la situación. Siento si te he dado la impresión de que lo único que quería era sexo. Me gustas, Laura. Me gusta tu compañía y tu conversación y me gustaría llevarte a sitios e invitarte a cenar. Y lo que de verdad me agradaría sería que dejaras a un lado esa máscara tras la que te ocultas y te conviertas en la mujer cálida, guapa, sexy y sofisticada que sé que puedes ser. Y no creo que pasar tiempo conmigo sea malgastarlo. La vida es para vivirla no por el futuro, sino por el aquí y ahora.

Ryan hizo una larga pausa, quizá esperando que su argumento funcionara. Pero Laura no parecía muy convencida. Ella no creía en aquellas tonterías de vivir el presente. Para ella, a menos que el destino interviniera con un accidente o una enfermedad, el futuro siempre llegaba y había que aceptar lo que se había hecho en el pasado. Para él no había inconveniente, él no se enamoraba. ¡Pero ella sí! Y no iba a hacerlo esta vez.

–Entiendo –continuó Ryan, mirando de soslayo su rostro imperturbable–. Evidentemente, lo que a mí me parezca es irrelevante. Mira, no es mi intención hacer cambiar de opinión a una mujer, pero tampoco estoy de acuerdo contigo en esa estúpida situación. A la vez, te sigo deseando, Laura, con una intensidad irracional. Así que me quedaré contigo esta noche para darte lo único que quieres de mí. Pero cuando llegue mañana por la mañana, todo se acabará. Esa es mi propuesta. Si no estás de acuerdo, me temo que todo terminará esta noche cuando lleguemos a tu casa.

Laura respiró hondo. Sus sentimientos eran confusos.

Se sentía furiosa porque la hubiera acusado de usarlo, a la vez que tenía miedo ante la posibilidad de no volver a estar con él. Lo que sería el caso si no aceptaba su propuesta. Pero ¿cómo aceptar? La había hecho parecer una loca del sexo dispuesta a perder la oportunidad de tener una verdadera relación con él a cambio de dos semanas de buen sexo. Acceder a una sola noche de lo mismo parecía mucho peor.

No estaba tan desesperada, ¿no?

–Siento que pienses tan mal de mí –dijo con voz calmada, a pesar del temblor de su interior–. Estaba siendo sincera con mi propuesta y no hipócrita. Creo que no puedes culparme por sugerir una relación estrictamente sexual cuando me dijiste que no podías ofrecerme otro tipo de compromiso. Pero ahora me doy cuenta de que ese acuerdo no me gustaría, ni siquiera por una noche. Es mejor que lo demos por terminado hoy y así podrás seguir con tu vida y yo con la mía. Espero que la próxima vez que conozca a un hombre, quiera algo más que una relación esporádica.

Ryan apretó los labios al oírla rechazar su proposición. Había pensado que no se negaría, teniendo en cuenta que había admitido estar loca por él. Se había imaginado que sería él el que controlara la situación y que ella no dejaría de suplicarle más. Eso era lo que quería, tener a Laura en sus brazos, desnuda y ansiosa, pero con sus condiciones, no las de ella. Un hombre tenía su orgullo.

–Muy bien, terminaremos hoy.

Fue como un golpe físico para Laura. Tuvo que esforzarse por no llorar. ¿Qué había hecho? De repente, le parecía mejor una noche con él que aquel vacío.

–Dejaré que te ocupes de mandarme a otro abogado con el que reunirme los viernes –dijo él con amargura–. Me da igual la excusa que pongas.

–De acuerdo.

–Y ahora, si no te importa, no quiero seguir hablando –anunció y encendió la radio, a la vez que apretó un botón para que el techo se cerrara.

Laura sintió que el corazón se le encogía. El cierre del techo era el anuncio de que todo se había acabado.

Rápidamente, giró la cabeza hacia la ventanilla para que Ryan no la viera llorar.

Empezó a llover al poco de abandonar la autopista. Era un chispeo gris que parecía reflejar los sentimientos de Laura. Quería decir algo para romper aquel horrible silencio, pero no encontraba el coraje para hablar.

¿O era el sentido común lo que la hacía permanecer callada?

Sospechaba que, si abría la boca, sería para disculparse en primer lugar y luego para aceptar lo que Ryan le proponía para que no la dejara en la puerta de su casa. La idea de no volver a verlo le resultaba terrible, por lo que empezó a preguntarse si se habría enamorado de él. No parecía probable, pero ¿por qué si no se sentía tan triste? Era imposible que la lujuria siguiese guiando sus sentimientos.

Mientras seguía especulando con el motivo de su desesperación, sus ojos se fijaron en cómo las manos de Ryan abrazaban el volante. Tenía las manos grandes y los dedos largos y fuertes. Con razón había sido un buen portero de fútbol. Pero nada de eso importaba a Laura. Lo único en lo que podía pensar al mirarlas era en lo cálidas y expertas que habían sido al acariciarla. Todavía podía sentirlas sobre su cuerpo.

Sintió un fuerte deseo y se estremeció. Su vientre se contrajo, al igual que sus pezones.

«Al menos ahora lo sé», se dijo mientras la sangre ardía en sus venas.

Se sonrojó y la piel se le puso de gallina. No era amor, tan solo deseo.

A punto estuvo de morirse de la vergüenza cuando la miró en ese preciso instante. Era imposible ocultar lo que su rostro evidenciaba. No podía hacer nada por disimular que estaba desesperada por él.

Ryan no dijo nada. Se quedó mirándola unos segundos antes de volver la atención a la carretera. Pero Laura reparó en que los nudillos le blanqueaban y se percató de que estaba tenso. Sabía lo que ella quería y él quería lo mismo.

No dijeron ni una palabra cuando detuvo el coche ante su casa. Ambos salieron en silencio y Ryan la ayudó a llevar sus cosas hasta el porche. Laura se sorprendió al no ver a Rambo aparecer. Probablemente estaría durmiendo en la mecedora del vecino, algo que le gustaba hacer cuando ella no estaba. Una vez abrió la puerta, se giró hacia Ryan, tan asustada porque se fuera como porque se quedara.

–Ryan, yo...

–Cállate –dijo él.

Su rostro y sus ojos parecían atormentados al dejar todo lo que llevaba en la barandilla y empujarla hacia el pasillo, cerrando la puerta con el pie.

No tenía sentido negarse ni protestar porque lo que Laura quería que hiciera, era lo que iba a hacer. El temblor ya había empezado en su interior.

«Sí, sí, abrázame contra la pared. Bésame hasta que no pueda pensar. Arráncame la ropa y hazme tuya».

–Cielo santo –gritó cuando por fin la penetró.

Fue un encuentro rápido e intenso más allá de todo sentido común.

Laura no podía dejar de jadear mientras aumentaba en ella la pasión. Él alcanzó el orgasmo y sus espasmos provocaron que ella lo hiciera a continuación. La sensación fue tan intensa que Laura empezó a sollozar y dejó caer los brazos a los lados mientras las piernas empezaban a temblarle. Podía haberse caído al suelo si Ryan no la hubiera estado sujetando.

–Oh, Laura. Lo siento, lo siento mucho.

–Está bien –consiguió decir entre sollozos.

–No –dijo él, tomándola por los hombros–. No está bien. Lo que acabo de hacer no ha estado bien. Ha sido un error –añadió mirándola a los ojos.

La angustia que veía en él la obligó a controlar su llanto para asegurarle que no la había violado, si era eso lo que pensaba. En ningún momento había intentado evitarlo ni había dicho que no.

–Es tan culpa tuya como mía, Ryan –dijo, sin poder controlar su voz.

–No estoy de acuerdo –dijo subiéndose la cremallera de los pantalones, antes de ayudarla a recoger su ropa–. Te he forzado. No he usado protección. ¿Y si te quedas embarazada? Deberían ponerme contra la pared y fusilarme.

–No me has forzado, Ryan. Quería que hicieras lo que has hecho. Lo he disfrutado y lo sabes.

Él se quedó mirándola fijamente.

–Te aseguro que las posibilidades de que me quede embarazada –continuó Laura– son remotas. Mi ciclo menstrual es regular y tendré la regla el miércoles. En ese sentido, estamos seguros. A menos que temas que pille otra cosa que no sea un bebé.

No tenía sentido ignorar que tenía una amplia colección de amantes a sus espaldas. Quizá antes había tenido sexo sin protección con alguien no tan segura como ella.

–Tienes mi palabra de que tu salud no está en peligro conmigo. Nunca antes había practicado sexo sin protección. Es la primera vez, créeme.

–¿De verdad? –preguntó Laura sin poder evitarlo.

Al ver que asentía, sonrió. Le resultaba halagador hacer sido la primera mujer con la que perdía el control de esa manera.

–Sí, ya me doy cuenta –dijo Ryan ladeando la cabeza–. Ya sé que no te importa si me quedo a pasar la noche.

–Yo... eh... Lo cierto es que confiaba en que fuera más de una noche –afirmó, consciente de que era incapaz de despedirlo.

La aparición de Rambo caminando por el pasillo hacia ella fue una agradable distracción.

–Hola, bonito. ¿Me has echado de menos?

El gato maulló y luego se frotó contra los tobillos de Ryan. Cuando Ryan lo tomó en brazos, Rambo empezó a ronronear.

–Le gustas –dijo Laura, tratando de no sentirse celosa.

–Es un gato muy bonito, a pesar de tener tan solo un año. Y su pelo es muy suave.

–Está muy mimado.

–Supongo.

–¿Duerme en tu cama contigo?

–No, por la noche le gusta pasear. He intentado encerrarlo, pero entonces se pasa la noche mirando por la ventaba y maullando. Es mejor dejar que haga lo que quiera.

–Un gato muy listo. Te tiene bien entrenada.

–Le quiero mucho –dijo poniéndose a la defensiva–. Cuando quieres a tu mascota, no soportas verla sufrir.

–Por eso la valla de tres mil dólares –dijo Ryan.

–¡Me hubiera gastado diez mil! Ahora, si no te importa, tengo que darle de comer o luego no habrá quién lo soporte. Y eso no nos gustaría, ¿verdad que no? –comentó mirando al animal.

–Me alegra ver que algunas cosas no cambian. Toma –dijo Ryan dándole el gato–. Todo tuyo. Por cierto, después de que le des de comer, ¿hay alguna posibilidad de poder tomar un café? Ayer me enseñaste la cocina.

Laura no podía creer que tan solo hubiera pasado un día. Habían cambiado muchas cosas. La Laura del día anterior, con su timidez, se habría preocupado mucho de hacia dónde estaba yendo su aventura con Ryan. La Laura de esa mañana seguía algo preocupada.

Pero la Laura que acababa de tener un fantástico y salvaje encuentro sexual contra la pared veía las cosas de un modo diferente. Ya no iba a preocuparse de enamorarse de Ryan y volver a acabar con el corazón roto. Estaba decidida a disfrutar del momento. El futuro a largo plazo podía esperar. El único futuro que le preocupaba era el inmediato, es decir, aquella misma noche.

Sus latidos se aceleraron al caer en la cuenta de que pronto volvería a estar en la cama con Ryan. De vuelta en sus brazos, disfrutando del placer más increíble. Estaba deseando volver a estar desnuda a su lado, a sentir sus caricias por todas partes. Su cabeza empezó a dar vueltas a la idea de volver a acariciar su pene. Y no por una estúpida idea de amor sacrificado. Quería sentir toda la fuerza que le había descrito la noche anterior y hacerle perder el control.

Un maullido de Rambo la sacó de sus pensamientos.

–No lo entenderías, Rambo –murmuró–. A ti te esterilizaron. Venga, come. Luego, quiero que seas un buen chico y no me molestes el resto de la noche.

–Espero que no estéis hablando de mí –dijo Ryan al entrar en la cocina, mirándola con sus divertidos ojos azules–. Porque no pretendo ser bueno. Y pienso molestarte, pero todavía no he tomado café. Te aconsejo que tú también lo tomes. No quiero que te quedes dormida. Por cierto –añadió mirando a su alrededor–. Me gusta tu cocina. Es agradable la madera.

–Es roble –dijo Laura tirando una lata vacía a la basura–. Roble de verdad.

–Es clásica –dijo sentándose en uno de los taburetes que había junto a la barra del desayuno–. Como tú.

Laura no supo qué decir ante aquel cumplido.

–Gracias –contestó y se dio la vuelta para preparar el café–. Me temo que solo tengo instantáneo.

–No importa. Lo quiero solo.

–No sé cómo te gusta sin leche y azúcar.

–Aprendí a que me gustara así cuando no tenía ni leche ni azúcar.

Ella le miró frunciendo el ceño.

–¿De veras fuiste tan pobre?

–No tienes ni idea.

–No, supongo que no. Puede que no fuera feliz de adolescente, pero nunca fuimos pobres. Desde luego que nunca pasé hambre. Debió de ser terrible.

Ryan se encogió de hombros, como si ya nunca pensara en ello.

–Me hizo valorar las cosas una vez pude empezar a permitírmelas. Y eso me hizo trabajar mucho para poder tenerlas. Pero ya está bien de hablar. Nunca me ha gustado hablar demasiado. Es una pérdida de tiempo.

–Pero gracias al pasado hoy eres como eres –dijo Laura, sintiendo curiosidad por saber más de él.

El día anterior había contado algunos detalles de su vida a su familia. Incluso su abuela se había dado cuenta de que su infancia no había sido fácil.

–Sí, ahora lo sé, Laura –replicó un poco impaciente–. Pero no me gustan los análisis de ninguna clase. Creo que no hace bien a nadie el anclarse en el pasado. Solo sirve para revivir antiguos problemas. Es mejor dejar las cosas a un lado y seguir hacia adelante.

Laura estuvo a punto de decirle que eso era más fácil decirlo que hacerlo, pero decidió no hacerlo. No quería decir o hacer algo que pudiera estropear el resto de la velada.

–Hablando de seguir hacia delante –dijo él–. Ven conmigo. La cama nos espera.

Capítulo 11

LAURA se quedó dormida después del largo maratón sexual en el que habían hecho el amor una y otra vez, en todas las posiciones que Ryan conocía, incluyendo contra la pared y bajo la ducha.

Por su parte, a pesar de que se sentía cansado, Ryan no pudo dormirse. Su mente no le dejaba descansar, dando vueltas al comentario de Laura de que el pasado influía en el presente de una persona. Como ya le había dicho a Laura, eso lo sabía. Sabía muy bien por qué evitaba el amor y el matrimonio, por qué había evitado una relación sentimental con el sexo contrario.

Siempre había creído que nada haría cambiar aquello, que no existía mujer capaz de derribar la barrera que había levantado en su corazón el día en que había llegado a casa del colegio y se había encontrado a su madre muerta y a su padre sollozando en un rincón, diciendo que no había pretendido hacerlo.

Habían pasado exactamente veinticinco años desde entonces. En todo ese tiempo, ninguna mujer le había llegado al corazón y mucho menos al alma.

Hasta ahora...

¿Sería amor lo que estaba sintiendo? No dejaba de dar vueltas a aquella pregunta mientras observada a Laura dormir.

No estaba seguro, puesto que no sabía lo que era el amor verdadero. Lo que sí sabía era que el sexo con Laura era muy diferente a todo lo que había conocido antes. No parecía saciarse. Normalmente su deseo disminuía después de un par de veces. Pero eso no le pasaba con Laura. Estaba deseando volver a sentir aquella sensación tan especial que experimentaba cada vez que la penetraba y que crecía en intensidad, culminando en sacudidas de éxtasis. Nunca antes había sentido nada así. ¿Llegaría a estar satisfecho alguna vez?

«Esto no puede ser amor», decidió y fijó la mirada en sus nalgas.

El amor verdadero debía de ser menos sexual. Aquello tenía que ser atracción sexual, quizá algo más obsesiva de lo habitual. Con el tiempo, aquel deseo se desvanecería.

Pero todavía no, se dijo estirando el brazo para acariciarla.

Laura se despertó con la deliciosa sensación de las caricias de Ryan en su espalda. Estaba tumbada boca bajo, en la cama, con los brazos hacia arriba y las manos bajo la almohada.

–Umm –murmuró adormilada.

Enseguida se espabiló al sentir que su mano abandonaba su espalda y empezaba a prestar atención a una zona más íntima. Estaba muy excitada. No tenía sentido sentirse avergonzada. Ryan no tenía ninguna vergüenza en lo que a sexo se refería. Para él, todo era natural y sexy, cada parte del cuerpo de una mujer estaba ahí para su placer y el de ella.

Después de un rato, Laura no quiso seguir allí tumbada mientras él la acariciaba. Quería hacerle cosas a él para variar. Dejó escapar un gemido y se incorporó repentinamente. Se apartó el pelo de los ojos, se sentó y lo miró.

–Puedes hacer eso más tarde –dijo respirando entrecortadamente–. Es mi turno ahora.

–¿Tu turno para qué? –preguntó él arqueando las cejas.

–¿Quieres dejar de hablar? –dijo y al empujarlo para

hacerle caer sobre su espalda, se dio cuenta de lo excitado que estaba. ¿Cuánto tiempo he estado durmiendo?

Después de todo, habían hecho el amor varias veces antes de caer rendida, incluyendo una vez en la ducha.

–Lo suficiente.

–Es evidente –dijo sin poder evitar acariciarlo.

Él respiró hondo y contuvo el aire sin dejar de mirarla. Era lo único que hasta entonces Laura no había hecho. Hasta el momento, era él el que le había estado haciendo cosas a ella.

–¿Te gusta que las mujeres te hagan felaciones? –le preguntó excitada.

–Sí, si a ellas les gusta. Me dijiste que a ti no te gustaba...

–Cierto, pero eso era antes y esto es ahora. Creo que contigo me gusta.

Ryan jadeó al verla agachar la cabeza y volvió a hacerlo al sentir sus labios alrededor de él. No solo le gustaba, pensó Laura mientras se metía su pene en la boca. Le encantaba. Le gustaba la sensación, no de poder, sino de saber que él lo estaba disfrutando. Le había dado mucho placer y ahora era su turno de devolvérselo. Por los gemidos que soltaba, debía de ser un placer muy intenso. Le daba igual si se corría en su boca. Quería que se corriera, que dejara de controlarse y se dejara llevar. Decidida, mantuvo el ritmo y subió y bajó la cabeza al compás del bombeo de la sangre en su cabeza.

Cuando creía que estaba a punto de correrse, Ryan tiró de ella y la hizo colocarse sobre sus caderas.

–Quiero que te corras conmigo. Toma, ponme esto –dijo dándole un preservativo–. Deprisa –añadió al verla dudar.

Le costó ponérselo, pero lo consiguió. Nada más sentirlo dentro, sus músculos internos se contrajeron como si estuviera aprisionándolo.

–¡Qué tortura!

–¿Te estoy haciendo daño?

Era la primera vez en su vida que estaba encima. Ni Mario ni Brad eran de la clase de hombres que permitirían a una mujer tomar las riendas durante el sexo.

–Lo siento. Es que hace mucho tiempo que no lo he hecho de esta manera.

–¿Nunca antes habías estado encima?

–No, nunca. Lo siento.

–No tienes por qué disculparte.

–Pero te estoy haciendo daño.

–La línea que separa el placer del dolor es muy fina, Laura. Te prometo que lo que siento es más placer que dolor. Mira, se hace así –dijo tomándola de las nalgas con sus fuertes manos y moviéndola.

Ella jadeó. Era una sensación celestial. Enseguida no necesitó de su ayuda y empezó a moverse cada vez más rápido. Ryan levantó las caderas, hundiéndose más en ella. Laura empezó a gemir y se inclinó hacia delante, dejando que sus pechos saltaran libremente. El placer se incrementó con cada cambio de ángulo. Cada embestida era como si una corriente eléctrica recorriera su cuerpo. Su orgasmo fue tan intenso que no pudo evitar gritar. Ryan también gritó, su cuerpo sacudiéndose con los espasmos. Laura se dejó caer sobre él y apoyó la cabeza sobre su corazón desbocado.

Fue entonces cuando ella empezó a llorar. Su cuerpo se estaba rindiendo a una tormenta de sentimientos que todavía no lograba entender.

–Tranquila, cariño, no tienes por qué llorar.

–Lo sé. Me estoy poniendo... tonta.

–De tonta nada –murmuró Ryan–. Es solo que estás cansada. Es hora de que descanses y de que yo me vaya.

–¡Pero prometiste quedarte toda la noche!

–He cambiado de opinión.

–No quiero que te vayas.

–No te preocupes. Volveré –dijo haciéndola a un lado de la cama antes de levantarse.

Laura se contuvo para no aferrarse a él e impedir que se fuera.

–¿Cuándo? ¿Mañana por la noche?

Él suspiró.

– Sé que no debería, pero sí, prometo volver mañana por la noche. A menos que hayas cambiado de opinión en lo de ser mi novia de verdad –añadió, mirándola por encima del hombro–. Si es así, te recogeré en tu oficina, te llevaré a cenar y a tomar algo y luego nos iremos a mi casa para disfrutar de una agradable velada.

Su oferta resultaba tentadora, así que ¿por qué no aceptarla?

Las razones por las que se había negado en un principio, seguían ahí: no la amaba. Nunca la amaría. Al darse cuenta de eso, su decisión de mantener su aventura con Ryan lo más breve posible, se afianzó. Se estaba enamorando de él y eso la preocupaba. Sería muy fácil sucumbir a sus emociones y aceptar lo que él quería.

«No lo hagas, Laura. Sé fuerte», le decía una voz en su interior.

–No he cambiado de opinión –dijo con más firmeza que la que sentía.

–De acuerdo –dijo él y recogió su ropa–. Pero no pienses que acabarás saliéndote con la tuya, Laura. No me gusta este acuerdo. No me gusta en absoluto.

–¿De verdad? Pensé que era lo que te gustaba, mucha diversión y ninguna responsabilidad.

Le dirigió una mirada capaz de congelar el mercurio. Laura se habría asustado si hubiera durado, pero enseguida vio aparecer en el rostro de Ryan una sonrisa irónica.

–Creo que habrías sido una gran abogada criminalista. Estás perdiendo el tiempo dedicándote al derecho empresarial. Lo que me recuerda que debes decir en tu trabajo que ya no soy tu cliente y que me manden a otro abogado.

–¿Y qué excusa quieres que ponga? –dijo sintiendo un nudo en el estómago.

Su sonrisa se volvió cruel.

–Ese es tu problema, Laura.

–¡No! –exclamó Alison por enésima vez.

Laura contuvo un suspiro. Solo Dios sabría cómo habría reaccionado Alison si le hubiera contado toda la verdad acerca de su aventura con Ryan. Había considerado la posibilidad de mentir a su amiga nada más llamarla aquella mañana, a los cinco minutos de llegar al trabajo. Pero al final había decidido contarle una versión sesgada de la verdad para mantener su orgullo, a la vez que para satisfacer la curiosidad de Alison.

Así que le había confesado que se había acostado con Ryan una vez más al volver a Sídney, y que había sido idea suya que se fuera a su casa en vez de invitarle a pasar la noche. Pero cuando le había contado su negativa a convertirse en su novia de verdad prefiriendo mantener una breve aventura sexual, la reacción de su amiga había sido negativa.

–¿Y crees sinceramente que puedes mantener una aventura estrictamente sexual? –preguntó Alison ya más calmada–. Esas cosas no van contigo, Laura.

Laura no quería que su amiga culpara a Ryan.

–No olvides Alison que he consentido esto. Quiero tener sexo con Ryan tanto como él lo quiere tener conmigo.

–Debe de ser muy bueno en la cama para tenerte en este estado. Nunca antes te había importado tanto el sexo, ni siquiera cuando estabas locamente enamorada. Claro que él tiene mucha experiencia.

–Sí –convino Laura, preguntándose si Alison estaría celosa.

Su amiga siempre estaba diciendo que la vida sexual se acababa cuando llegaban los hijos.

Alison suspiró.

–¿Sabes una cosa? Te envidio –dijo confirmando lo que Laura había supuesto.

–No tanto como yo te envidio a ti. Daría lo que fuera por tener un marido cariñoso como Peter y unos hijos tan buenos. Tienes una familia estupenda, Alison.

–Cierto. Es solo que... Bueno, da igual. No me hagas mucho caso, tengo el síndrome premenstrual, ya sabes cómo me pongo.

–Sí –dijo Laura frunciendo el ceño al caer en la cuenta de que todavía no tenía síntomas.

Asustada, revisó mentalmente las fechas y llegó a la misma conclusión. La regla tenía que venirle el miércoles. Quizá cuando se tenía una vida sexual tan fantástica, el síndrome premenstrual desaparecía. Quizá su cuerpo estaba más relajado. El estrés podía provocar cosas terribles en la salud, al menos eso era lo que había leído.

–Lo que tienes que hacer –le dijo a Alison– es practicar más sexo.

–¿Y cuándo saco tiempo para el sexo? Esos preciosos hijos míos me dejan agotada.

–Saca tiempo, Alison. Cuidaré a tus hijos el próximo fin de semana para que puedas irte con Peter.

–¿De veras lo harías?

–Ya los he cuidado otras veces.

–Pero no durante todo un fin de semana. Me parece una buena idea y te lo agradezco, pero no este fin de semana. Voy a tener la regla.

–Yo también –dijo Laura–. Bueno, tengo que colgar, Alison. Tengo trabajo que hacer.

No era del todo cierto, pero tenía que dar con una buena razón que justificara que no iba a seguir siendo la abogada de Ryan. Iba a ser lo primero que le preguntara esa noche cuando se vieran.

Por desgracia, Laura no dio con una excusa que le gustara. Estaba demasiado alterada por lo que iba a pasar por la noche. Alterada y excitada.

No pudo dejar de pensar en el sexo en todo el día y cuando Ryan llamó a su puerta poco después de las siete, se le había olvidado el asunto de buscar a otro abogado. Lo único en lo que podía pensar era en estar con él. Nada más mirarlo a los ojos, supo que él se sentía de la misma manera.

Se fueron al dormitorio, pero no a la cama. Ryan estuvo a punto de olvidarse de nuevo de ponerse un preservativo. Fue ella la que se lo recordó justo a tiempo. Aquella interrupción les dio la oportunidad de recuperar el aliento y pasar del suelo de madera a la cama. Incluso fueron capaces de quitarse la ropa antes de que una pasión incontrolable los poseyera.

Laura se corrió nada más ser penetrada por Ryan, que alcanzó el orgasmo enseguida. Después de que su cuerpo terminara de estremecerse, se dejó caer sobre ella.

–No puedo seguir así.

–¿Seguir cómo?

–Deseando todo el día estar contigo. He estado a punto de volverme loco esta tarde.

–Oh...

–¿Es eso todo lo que tienes que decir?

–No sé qué quieres que diga.

–Dime que sientes lo mismo, que pondrás fin a esta tontería y accederás a ser mi novia. Podremos comer juntos y tener citas. Los fines de semana nos iremos de viaje.

De nuevo, se sintió tentada de decir que sí. Pero seguía queriéndola solo por sexo. En ningún momento le propondría matrimonio. Así que decidió decir lo único que sabía que lo detendría.

–Si me convierto en tu novia, estoy segura de que voy a enamorarme de ti.

Ryan no daba crédito a las locas ideas que se le cruzaron por la cabeza. Le daba igual que Laura se enamorase si con ello podía pasar más tiempo con ella.

Ryan se apartó y se quedó mirando el techo y preguntándose qué demonios podía hacer. No le gustaba lo posesivo que se estaba volviendo. Eso le preocupaba.

Laura no podía creer lo vacía que se sentía después de que saliera de su cuerpo. Vacía y sola. Aunque estaba tumbado a su lado, parecía estar lejos. Odiaba aquella sensación.

–Lo siento –dijo ella de pronto, sin saber my bien por qué se estaba disculpando.

Ryan giró la cabeza para mirarla.

–¿Por qué? ¿Por ser sincera? Me gusta la gente sincera. Y me gustas tú, y mucho.

–Tú también me gustas –dijo ahogando las palabras, al darse cuenta de que eran toda una declaración.

Porque no solo le gustaba, sino que lo amaba. No era solo la idea de no volver a acostarse con él lo que la asustaba, sino el hecho de no volver a verlo.

Fue una sensación escalofriante. Laura giró rápidamente la cabeza para evitar que su rostro revelara la verdad.

–Dudo mucho que te enamoraras de mí –dijo él en aquel irónico momento–. Por cierto, ¿cómo le explicaste a tu jefe que no ibas a seguir siendo mi abogada?

Laura carraspeó.

–Todavía no se lo he dicho.

–Entonces, no se lo digas.

Laura lo miró.

–¿Por qué no?

–No quiero otro abogado. Te quiero a ti.

–¿Y qué pasa con tu norma de no acostarte con gente del trabajo?

Él se encogió de hombros.

–Las normas están para saltárselas.

Su indiferencia la preocupó, sobre todo después del lío que había montado.

–Puedes saltarte tu norma, pero no tengo intención

de saltarme la mía. Eres mi cliente y no tengo relaciones con mis clientes.

Ryan posó su fría mirada azul en ella.

–Pero no tienes una relación conmigo, Laura. Solo tienes sexo conmigo. Por cierto, entiendo que esta noche tampoco quieres poner fin a lo nuestro, ¿verdad? Seguro que quieres que vuelva mañana por la noche, ¿no?

Laura apretó los labios. Estaba intentando provocarla y no estaba dispuesta a que lo consiguiera.

–Como tú quieras, Ryan. No puedo obligarte a venir.

–Pero quieres que lo haga.

Desafiante, Laura alzó la barbilla.

–Sí.

–En ese caso, volveré mañana por la noche. Pero después, sugiero que nos tomemos una semana de descanso. Eso evitará que acabemos encariñándonos.

Laura deseó odiarlo en aquel momento.

–¿Y nuestra reunión de los viernes?

–Los contratos pueden esperar una semana más. Las cosas van lentas en este momento. Y ahora, tengo que ir al baño. Por ahora, te agradecería que sacaras esa botella de vino blanco que he visto en tu nevera. Me vendría bien una copa.

–Iba a abrirla en la cena.

–Cielo santo –dijo en tono burlón, mientras atravesaba la habitación–. ¡También va a darme de comer! Qué tipo tan afortunado soy.

En aquel momento lo odió. Pero no tanto como Ryan se odió a sí mismo. Se quedó mirándose al espejo. ¿Qué derecho tenía a decirle cosas tan desagradables como aquella?

«Si no estás de acuerdo con la relación estrictamente sexual que Laura quiere, entonces sal de su vida. Sé sincero y no un hipócrita. Todo es cuestión de orgullo. Lo que de verdad quieres es quedarte».

Cuando Ryan terminó de lavarse las manos, había decidido dejar de ser un estúpido y darle a Laura lo que quería. Pero lo cierto era que quería hacerle el amor.

Ryan sacudió la cabeza a su imagen del espejo. Daba igual que hubiera propuesto separarse unos días. Ya sentía algo. También había cambiado de idea respecto a que continuara siendo su abogada. Al día siguiente se lo diría.

Capítulo 12

LA REGLA no le bajó a Laura el miércoles. Al llegar el jueves por la mañana sin señales de su regla, sus niveles de estrés se dispararon. Se sintió aliviada de que Ryan y ella hubieran dejado de verse durante una semana. Nada de llamadas ni de mensajes ni de correos electrónicos. No tendrían ningún contacto hasta el martes siguiente cuando fuera a buscarla después del trabajo a eso de las siete.

La última vez que se habían visto, Ryan había dicho que necesitaban tiempo para pensar, lo cual era cierto. Estaba más enamorada de él que nunca, tanto, que estaba reconsiderando aceptar su oferta de ser su novia sin reparar en las consecuencias. Había estado a punto de decírselo antes de que se fuera y lo habría hecho si no le hubiera dicho que había cambiado de opinión respecto a mantenerla como su abogada.

–No te preocupes por encontrar una sustituta inmediatamente –había añadido–. Eso puede esperar.

Había sido un buen recordatorio de que nada había cambiado en Ryan. Cualquier ilusión sobre que sus sentimientos se hubieran intensificado, se desvaneció. Así que le había venido bien aquel tiempo para pensar acerca de lo que iba a hacer cuando lo viera el martes siguiente.

El viernes, Laura seguía sin tener la regla. Era un gran alivio no tener contacto con Ryan porque podía haberle preguntado sobre ello. De esa manera, no tenía que explicar nada. Solo Dios sabía cómo se lo tomaría. Quizá pensara que le había mentido y que su intención era atraparlo con un embarazo. ¡Como si fuera capaz de eso!

Pero tampoco podía negar su alegría si, por las vueltas de la vida, había concebido un hijo de Ryan. Pero la alegría le duró poco al caer en la cuenta de que eso supondría el final de su relación con Ryan. Porque si no le interesaba el amor ni el matrimonio, mucho menos le interesaría la paternidad.

Aquella noche incluso rezó para que le viniera la regla. Pero sus plegarias no fueron escuchadas. El martes por la mañana no pudo dejar de llorar. Estaba tan nerviosa, que llamó al trabajo para decir que no iría. Varias veces descolgó el teléfono para llamar a Ryan y decirle que no quería que fuese esa noche. Todas las veces acabó colgando de nuevo. Desesperada, acabó aceptando que el amor debilitaba. Y ella que había pensado que había dejado de ser una víctima...

Laura paró toda la tarde pensando qué le diría a Ryan, decidida a no dejarle pasar. Incluso empezó a pensar en que quizá después de todo él no fuera. Pero apareció, muy guapo con traje y corbata. Su determinación se quebró cuando le sonrió.

–Te he echado mucho de menos –dijo atrayéndola hacia sus brazos.

No rechazó su beso, diciéndose que aquel era un beso de despedida. Pero por dentro estaba derritiéndose.

–Lo siento, Ryan –dijo cuando por fin la soltó–. Tienes que parar. Tengo la regla.

–¿Todavía?

Lo miró a los ojos y vio sorpresa en lugar de escepticismo.

–No, me ha bajado hoy.

–Pero dijiste...

–Sé lo que dije –dijo rápidamente, adivinando sus pensamientos–. No sé qué pasó. Estaba tan preocupada por el retraso que ayer fui al médico y me dijo que a veces la ovulación se retrasa por estrés. Me preguntó si había pasado algo en mi vida y le conté el accidente de mi abuela. Me dijo que ese podía ser el motivo. De todas formas, me dijo que era muy pronto para hacerme una prueba de embarazo y que no era imposible que hubiera concebido. ¡Imagínate cómo me sentí en aquel momento!

–No lo sé. ¿Cómo te sentiste?

Aquello la hizo enfadar más que la expresión fría de sus ojos. Volvió a sentir el nerviosismo de la semana anterior.

–¿Cómo crees que me sentí? No pensarás que quería un bebé, ¿verdad? Tendría que estar loca para querer eso. Ya tengo suficiente con tener una aventura con un hombre que lo único que me ofrece es su cuerpo como para acabar embarazada. ¡Creo que me habría tirado por el puente del puerto!

–No hablas en serio.

–Claro que sí –replicó sin poder evitar perder los estribos–. ¿Qué mujer decente querría un hijo tuyo? Serías un padre desastroso. ¡Eres el hombre más egoísta y egocéntrico que conozco! Incluso Mario era mejor hombre que tú. ¡Y ya es decir!

Ryan se quedó mirándola durante largos segundos antes de asentir lentamente.

–Ni yo mismo podía haberlo dicho mejor.

Laura reparó en lo que acababa de decir y se avergonzó. No tenía derecho a hacerle daño de aquella manera. Como le había dicho a Alison, había consentido en mantener aquella relación. Además, el hecho de que Ryan no quiera casarse ni tener una familia, no lo convertía en una mala persona. Tenía todo el derecho a vivir su vida como quisiera y había sido muy sincero con ella en ese aspecto.

Pero ya era demasiado tarde. Ya había dicho aquellas palabras y no podía retirarlas. Quería lanzarse en sus brazos y suplicarle que le perdonara. En vez de eso, cerró los puños.

–Discúlpame si no me he portado bien –dijo él–. Nunca he pretendido hacerte daño. Creo que eres una mujer increíble y algún día encontrarás a tu hombre ideal. Por favor, dile a tu familia que siento que las cosas no hayan funcionado entre nosotros y que les deseo lo mejor, especialmente a tu abuela.

Al oír que mencionaba a su abuela, Laura sintió que sus emociones entraban en un terreno peligroso.

–Ryan, yo...

–No, Laura –dijo cortándola–. Ya has dicho suficiente. Dejémoslo estar. Adiós, Rambo –añadió al ver aparecer al gato–. Cuida a tu dueña por mí.

Y dándose media vuelta, se fue.

Laura se quedó en el umbral de la puerta, con la mirada clavada en el camino. Esta vez dejó que sus lágrimas corrieran por sus mejillas.

El sonido de su teléfono sonando la obligó a volver a la cocina. Seguramente sería una llamada de publicidad, pensó. Suspiró y se sonó la nariz antes de contestar.

–¿Dígame?

–Oh, Laura. Oh, querida...

Al instante adivinó lo que había pasado. Hasta hacía unos segundos había pensado que no podía ocurrir nada peor.

Pero no había pensado en eso.

La vida era cruel, pensó desesperada.

–¿Qué ha pasado? –preguntó–. Supongo que un ataque al corazón.

–Sí, eso creemos. Jane se había ido a dormir después de comer como de costumbre. Fui a despertarla a las cinco y estaba inconsciente. Llamamos a la ambulancia, pero no pudimos hacer nada. Ya había fallecido cuando llegaron. No sufrió, Laura. Se la veía tan tranquila. Parecía incluso feliz.

–Eso está bien –consiguió decir Laura.

–Nunca pensé que su marcha me afectaría tanto, pero no puedo dejar de llorar –dijo su tía sollozando.

Laura sabía cómo se sentía.

–Luego te llamo, tía Cynthia. No puedo seguir hablando ahora.

Después de colgar, se sentó en el suelo, se llevó las manos a la cabeza y empezó a llorar.

Ryan no recordaba el camino de vuelta a la ciudad. Estaba muy confundido. Había sido un milagro llegar a su apartamento sin sufrir ningún incidente. Le había costado concentrarse en la carretera, incapaz de dejar de pensar que no volvería a ver a Laura. Nunca volvería a tenerla en sus brazos ni a hacerle el amor. Tenía un nudo en el estómago y sentía tanta presión en el pecho que pensaba que iba a tener un infarto en cualquier momento.

Nada más cerrar la puerta, Ryan se fue al armario en el que guardaba las botellas y se sirvió un whisky. En seguida dio cuenta de él y se sirvió el siguiente. Enseguida empezó a sentir el efecto calmante del alcohol.

A la mañana siguiente llamó a su secretaria y le dijo que no iría a trabajar el resto de la semana. Luego, apagó el teléfono para que nadie lo molestara. Durante los tres días siguientes, estuvo viendo películas, comiendo pizzas y bebiendo hasta quedarse dormido en el salón. Lo mismo hizo el sábado.

El domingo por la mañana era incapaz de soportar su compañía o su aspecto.

Una ducha y un afeitado lo animaron, junto a un zumo de naranja y una aspirina para la resaca. Después se fue a dar un paseo y estuvo pensando en el pasado, algo que nunca le había gustado demasiado. Para él, era equiparable a los análisis psicológicos o a las terapias en grupo. Había sobrevivido hasta entonces sin la ayuda de antidepresivos ni de asesores, consciente de que la gente de hoy en día lo consideraría un dinosaurio por su actitud respecto a la salud mental.

Ryan no tenía ninguna duda de que, si iba a un médico y le confiaba la verdad acerca de su infancia, se sorprendería de que hubiera llagado tan lejos sin desmoronarse. Su abuela lo había llevado a un psiquiatra después de la muerte de su madre, pero no le había contado todos los detalles vergonzosos de la vida y la muerte de su madre.

Había sido entonces cuando había decidido que lo superaría a su manera. Desde luego que, si no hubiera sido por el apoyo y el cariño de su abuela, no lo habría superado. También se daba cuenta de que al poco de la muerte de su madre, había estado a punto de perder el control. Pero endureciendo su corazón y negándose a tener vínculos sentimentales de ninguna clase, había conseguido seguir viviendo.

Mientras caminaba sin parar por el parque, se obligó a asumir el hecho de que Laura había hecho desaparecer sus defensas y había derretido su gélido corazón. El fingir que era solo atracción lo que había sentido por ella era una estupidez. Había sido amor sencillamente. Ninguna otra cosa podía explicar lo devastado que se sentía desde que el martes le hablara despiadadamente.

Enamorarse de Laura había sido una ironía porque ella no lo amaba. Cualquiera podía darse cuenta de eso. Había sido evidente su malestar ante la idea de tener un hijo suyo. Aunque sorprendido, en el fondo no le había desagradado esa posibilidad. Si al menos se hubiera dado cuenta en el momento...

Pero se daba cuenta ahora.

De vuelta a su apartamento, tomó una serie de decisiones y consiguió animarse. Seguramente no tenía muchas posibilidades de convencer a Laura de que había cambiado, pero estaba dispuesto a intentarlo.

El lunes por la mañana, Ryan seguía sin estar seguro de qué hacer. Podía llamar a Laura y decirle que la amaba, pero no funcionaría. Necesitaba más tiempo para pensar. También tenía que volver al trabajo. Por desgracia, tres días fuera de la oficina significaba que tendría muchas llamadas que devolver, una de ellas al jefe de Laura.

–Soy Ryan Armstrong –dijo cuando Greg Harvey estuvo al otro lado de la línea.

–Hola, Ryan, me alegro de que hayas llamado. Creo que necesitarás otro abogado ahora que Laura nos ha dejado.

–¿Cómo? ¿Que Laura se ha ido?

–¿No lo sabías? Pensé que te lo diría. Se despidió la semana pasada por razones personales.

–¿Qué razones personales?

–Creo que no hay motivo para que no lo sepas. Su abuela murió. Al parecer estaban muy unidas.

Ryan contuvo una exclamación de consternación.

–Le dijimos que se tomara un tiempo, pero dijo que necesitaba cortar. Sentimos perder una abogada como ella, pero la vida tiene que continuar, ¿no? Escucha, tenemos un nuevo empleado. Es brillante. ¿Qué te parece si te lo mando para que lo conozcas? Se llama Cory Sanderlan.

–Me parece bien, Greg, pero ahora mismo no. Tengo que salir y no volveré en todo el día. Esta semana llamaré a Cory.

–De acuerdo.

–Tengo que colgar, Greg.

No se fue de la oficina enseguida. Primero intentó llamar a Laura al móvil, pero lo tenía apagado. Después de dar varias vueltas, salió en busca de su secretaria.

–Judith, quiero que llames a la secretaria de Laura Ferrugia y que consigas el número de teléfono de su mejor amiga. Lo único que sé es que se llama Alison. Sé que lo que te pido es extraño, pero hazlo por mí, ¿de acuerdo?

–Claro.

Cinco minutos más tarde le entregó a Ryan un papel con un número de teléfono anotado.

–No quería dármelo. No me dijiste que Laura ya no

trabajaba allí. Tuve que decirle que era una emergencia.

–Es una emergencia.

–¿Te importa contarme algo más?

–Ahora mismo, no.

–No importa, no soy curiosa –dijo y volvió a su mesa.

Con el pulso acelerado marcó el teléfono y esperó que contestara. Al poco, oyó la voz de una mujer al otro lado de la línea.

–¿Hola?

–¿Es usted Alison?

–Sí, ¿quién es?

–Soy Ryan Armstrong.

–¿Qué demonios hace llamándome?

–Me acabo de enterar de lo de la abuela de Laura –contestó–. He estado llamando a Laura, pero su teléfono está apagado. Quisiera que me dijera si ya han enterrado a su abuela. Me gustaría ir al funeral.

–No creo que Laura quiera verlo allí.

–Aun así quiero ir.

–¿Por qué no la deja en paz? Aléjese de ella. No quiere tener nada con usted.

Ryan se dio cuenta de que, si quería conseguir a Laura, antes tendría que ganarse a su amiga.

–No quiere nada con el hombre que era antes –dijo Ryan–. Pero puede que quiera tener algo que ver con el hombre que soy ahora.

–¿Y qué es?

–Un hombre enamorado. Amo a Laura, Alison, y quiero casarme con ella. Tengo que saber cuándo será el funeral.

–Es hoy, dentro de un par de horas.

–¿Y no está con ella?

–Lo estaría si mi hijo pequeño no hubiera enfermado. Es asmático y tiene fiebre. No puedo dejarlo solo.

–Entiendo. ¿Dónde va a celebrarse, en la capilla de los jardines de Hunter Valley?

–Sí, ¿cómo lo sabe?

–Eso no importa. Si quiero llegar a tiempo, tengo que colgar.

–Sí, vaya. Y una cosa más, Ryan.

–¿El qué?

–Creo que Laura lo ama.

Una intensa felicidad inundó el corazón de Ryan.

–¿Por qué piensa eso?

–Me di cuenta al día siguiente de que se acostara con usted. Laura solo se acuesta con hombres a los que quiere. Es de esa clase de chicas.

Ryan sonrió. Esa era una de las razones por las que la quería.

–Tengo que colgar, Alison.

–Deprisa, Ryan. Laura lo necesita.

Tomó su chaqueta y enfiló hacia la puerta. Él también la necesitaba. Eran dos personas solitarias que habían sufrido en la vida, pero que no estaban dispuestas a darse por vencidas.

Laura estaba sentada en el primer banco de la capilla, tratando de no mirar el féretro de su abuela ni a la gran cantidad de flores amarillas que lo cubrían. Cada vez que miraba las rosas sentía ganas de llorar. Siempre habían sido las flores favoritas de Jane. Cuando Laura se fue a la universidad, su abuela le había comprado varios rosales para que los plantara en el jardín y así se acordase de ella.

«Como si necesitara algún recordatorio», pensó Laura con los ojos llenos de lágrimas.

Había llegado su turno para hablar y sintió miedo. Sus tíos Bill y Cynthia ya lo habían hecho. Era la última manera de expresarle su gratitud por todo lo que había hecho por ella. Llevaba una nota con lo que quería decir para no olvidarse de nada. En aquel momento se quedó mirando el papel arrugado y las palabras le parecieron inadecuadas.

Su tía Cynthia le dio un codazo y se levantó para dirigirse al estrado. Se las arregló para narrar la historia de su abuela, desde su nacimiento hasta que fue a la escuela. Habló del cariño de Jane por la vida en el campo y la jardinería. Luego hizo referencia a su matrimonio, destacando su papel como una esposa amante y leal, y madre devota.

Pero cuando llegó el momento de decir lo maravillosa que había sido como abuela, se le hizo un nudo en la garganta. Miró hacia abajo e intentó estirar el papel, pero lo veía todo borroso. Muerta de vergüenza, se quedó mirando el pasillo de la pequeña iglesia y de repente vio al último hombre de la Tierra al que esperaba ver en aquel momento, acercándose. ¿Qué estaba haciendo Ryan allí?

Sin dudarlo, subió al altar y le pasó el brazo por la cintura.

–Siento haber llegado tarde –dijo abrazándola–. Sin las precisas indicaciones de Jane, me he perdido –añadió, bajo la atenta mirada de Laura–. Como pueden ver, Laura está abrumada por la situación, algo comprensible teniendo en cuenta lo mucho que quería a su abuela. Así que voy a concluir por ella. Para aquellos que no me conozcan, me llamo Ryan Armstrong y soy el novio de Laura.

Ryan confiaba en que no le hubiera contado nada a su familia sobre su ruptura. Estaba seguro de que todavía no lo habría hecho, teniendo en cuenta lo orgullosa que era. Al mirarla a los ojos, se dio cuenta de que estaba en lo cierto. Además, el hecho de que consintiera que la rodeara con su brazo, se lo confirmaba.

–Apenas conocía a Jane –continuó–. Solo nos vimos una vez durante un corto fin de semana. Pero fue suficiente para darme cuenta de que era una de esas abuelas que hacían que el mundo fuera un lugar mejor para vivir, especialmente para sus nietos. Sé algo sobre esa clase de abuelas. Yo también tuve una así. Sé cómo se siente Laura y, en su nombre, quiero agradecerle a Jane, además de a todas esas increíbles abuelas, por su amor incondicional y su maravillosa sabiduría. Estoy seguro de que si Jane pudiera hablarnos ahora, nos diría que no la recordáramos con tristeza. Sé que estaba muy orgullosa de Laura y de toda su familia: de Bill, de Cynthia, de Shane y de Lisa. Os quería a todos mucho. También estaba muy orgullosa del sitio en el que vivía. Me enseñó los jardines de Hunter Valley y me dijo que era aquí donde quería que se celebrase su funeral. Tanto Laura como yo esperábamos que eso fuera dentro de unos años, pero no ha sido así. Ha sido un privilegio conocer a Jane. Adiós, querida abuela. Descansa en paz.

Ryan la abrazó con fuerza y la acompañó a su asiento, adivinando que estaba sentada junto a sus tíos en el primer asiento.

–Bien dicho, Ryan –dijo Bill, conteniendo las lágrimas.

Con el rostro escondido en un pañuelo, Cynthia era incapaz de decir nada.

Ryan también se sentía afectado. También sentía remordimientos por no haber vuelto a Australia para el funeral de su abuela. Si pudiera volver atrás en el tiempo... Todavía recordaba lo solo que se había sentido en aquel momento, al darse cuenta de que la única persona con quien siempre había podido contar, se había ido. Seguramente, Laura se sentía así.

Tenía que hacerle ver que podía contar con él, que no era el estúpido irresponsable que ella imaginaba que era. Al salir de la iglesia, Laura seguía sollozando.

Bill le explicó que su madre siempre había querido que la incineraran y que sus cenizas fueran esparcidas por sus rosales. Parecía un mejor final que acabar enterrado, pensó Ryan, aliviado por no tener que ir a un triste cementerio.

–¿Dónde será el refrigerio? –le preguntó a Bill.

–En casa. Supongo que Laura volverá en tu coche, ¿verdad?

–Sí, claro.

–Entonces, ahora nos vemos.

Laura fue con él hasta donde tenía el coche aparcado y no dijo anda hasta que se pusieron en marcha.

–Todavía no sé cómo te has enterado del funeral de mi abuela. Ni tampoco por qué has venido.

Ryan podía haberse inventado algo como que había visto la esquela en el periódico. Pero no quería hacer eso. Quería ser franco con Laura. Era la única forma de conseguir que confiara en él.

–Greg Harvey me dijo esta mañana que tu abuela había fallecido cuando me llamó para ofrecerme otro abogado. Te llamé de inmediato, pero tenías el teléfono apagado. Así que llamé a Alison y me contó dónde y cuándo sería el funeral.

–¿Alison? Pero no tienes su teléfono.

–Lo conseguí.

–Pero ¿por qué? –preguntó confundida.

–Porque te quiero, Laura –dijo mirándola a los ojos.

Laura se quedó boquiabierta a la vez que sus ojos se abrían como platos.

–Te quiero y quiero casarme contigo –añadió.

Pero sabía que una declaración de amor no era suficiente. ¿Cuántos hombres habían usado esas palabras para llevarse a una mujer a la cama? Él nunca había usado esa táctica, pero Mario y Brad sí.

–¿Quieres casarte conmigo? –repitió Laura, sorprendida ante su proposición.

–Sí, y también hijos. Lo quiero todo. Llevo días pensando en ello. Espero que tú también quieras.

Laura no podía creer lo que estaba escuchando. Era incapaz de contener la alegría que la embargaba. Su instinto le decía que Ryan no mentiría sobre algo tan serio como el matrimonio y los hijos.

De repente se dio cuenta de que debía de haberse dado cuenta de que se había enamorado de él. Se lo debía de haber dicho Alison. Su querida y romántica Alison era incapaz de resistirse a un final feliz, por muy extraña que fuera la pareja.

–¿Te ha dicho Alison que te quiero?

–Me dijo que creía que sí –admitió–. Pero hubiera venido de todas formas aunque no me lo hubiera dicho.

Por alguna razón, el que supiera que lo amaba, además de felicidad le producía dudas. Necesitaba comprender aquel cambio antes de aceptar a ciegas su increíble proposición. Necesitaba saber.

–Pero me dijiste que nunca te enamorarías, ni que te casarías ni tendrías hijos.

–Eso era antes de conocerte, Laura.

–No, lo dijiste después de conocerme. Lo dijiste más de una vez, advirtiéndome.

–Entonces no sabía que acabaría enamorándome de ti. No sabía lo que era enamorarse ni pensaba que fuera capaz de amar.

–¿Pero por qué pensabas eso? Todo el mundo es capaz de amar.

–Ahora lo sé, pero antes me negaba a que el amor entrara en mi vida.

–Tienes que decirme por qué, Ryan. Tienes que hacerme entender. Te amo más de lo que nunca pensé que sería posible. No puedo casarme contigo a menos que sepa por qué pensabas eso.

Él suspiró antes de sacudir la cabeza.

–Tienes razón, pero es que me cuesta mucho hablar de ello.

–Ryan, si de verdad me quieres, tienes que hablarme de tu pasado. Te prometo que nunca se lo contaré a nadie, ni siquiera a Alison.

Laura se dio cuenta de que le resultaba difícil sincerarse con ella. ¿Qué terrible trauma habría sufrido en su infancia para contener los sentimientos de aquella manera? Odiaba pensar que pudiera haber sufrido alguna clase de abuso, pero ¿qué otra cosa podía ser?

–Te quiero –repitió–, y siempre te querré a pesar de lo que me cuentes.

Al ver que seguía sin hablar, Laura se limitó a acomodarse en el asiento y no dijo nada más. La larga fila de coches avanzaba lentamente de camino a la casa, lo que le daba tiempo a Ryan de decidir si estaba dispuesto a confiar en ella o no.

–Mi madre no murió de cáncer. La asesinaron.

Laura contuvo una exclamación de sorpresa. No esperaba oír algo así.

–Y no fue ningún desconocido –continuó–. Fue mi padre, su marido. Era el hombre al que amaba y el que decía amarla.

–Oh, Ryan...

–Fui yo el que la encontró al volver del colegio. Estaba tumbada junto a la mesa de la cocina, en mitad de un gran charco de sangre.

–Dios mío...

–Me había preparado un bizcocho. Estaba sobre la mesa. Ese día cumplía doce años.

Laura cerró los ojos. Ningún niño debería pasar por aquello. Bastante tragedia le había parecido perder a sus padres a la vez. Pero había sido un accidente. Ellos no habían muerto asesinados.

–Él estaba sentado en el suelo, junto a ella, llorando. Yo... yo...

Cuando fue evidente que no pudo continuar, Laura puso su mano sobre la de él. Estaba aferrado al volante como si fuera su tabla de salvación.

–No hace falta que sigas contándome nada más. Ahora veo que tenías buenas razones para rechazar el amor, el matrimonio y la paternidad. Ya seguiremos hablando más tarde.

Ryan sacudió la cabeza.

–No, quiero contártelo ahora. Las palizas llevaban

años ocurriendo. A mí no me pegaba, salvo cuando intentaba defender a mi madre, aunque lo cierto es que solo intentaba apartarme. Era muy celoso. No la dejaba trabajar, ni salir de casa ni quería tener más bebés. Cuando yo tenía siete años se quedó embarazada y la acusó de tener una aventura, luego le dio puñetazos en el estómago hasta que lo perdió.

–Dios mío, eso es terrible, Ryan. Pero ¿nadie sabía lo que estaba pasando? ¿Algún vecino, tus abuelos?

–La violencia doméstica era algo muy común donde vivíamos. Muchos hombres estaban desempleados. Mi padre trabajaba de vez en cuando, pero no se podía confiar en él. Era un borracho. Vivíamos de la caridad. Y respecto a la familia, mi padre se negó a mantener relaciones con ellos, especialmente los de mi madre. Mamá me enseñó el nombre y la dirección de mi abuela e incluso escondió un dinero que ella llamaba «el dinero para huir». Pensé muchas veces en usarlo para escapar, pero era incapaz de dejarla sola con él. Le pedí que viniera conmigo, pero no estaba dispuesta.

–No creo que lo amase, Ryan, simplemente le tenía miedo.

–Se me pasó por la cabeza matarlo. Me habría gustado haberlo hecho.

–Imagino. ¿Qué le pasó? ¿Lo detuvieron por asesinato?

–Fue declarado culpable y condenado a veinte años. Pero unos meses más tarde, le dieron una paliza hasta matarlo. Parece que los otros prisioneros no eran muy amables con los asesinos de mujeres.

–Ahora te entiendo, Ryan. Te agradezco que hayas confiado en mí. Pero ahora preferiría que dejáramos el pasado y habláramos del futuro.

–La mujer que me ha robado el corazón. Ya es tuyo, amor mío.

–Todavía tengo que hacerme a la idea.

–No eres la única. Cuando me di cuenta de que te

quería, no supe qué hacer porque pensé que tú no me querías. ¿Cómo ibas a enamorarte de un hombre tan egoísta y egocéntrico como yo?

Laura gruñó.

–Me odié por decir eso porque no es lo que pienso. Creo que eres un hombre estupendo, decente y amable, con un corazón tierno. Fíjate en cómo hablaste de las abuelas en el funeral. Dijiste unas palabras muy bonitas.

–Entonces ¿tengo que suponer que vas a casarte conmigo?

–Cuando y donde quieras.

–¿Qué tal el día de Año Nuevo, aquí en la capilla favorita de Jane?

Laura sonrió.

–Me parece una buena idea.

Epílogo

RECIBE el nombre de Marisa Jane Alison Armstrong –dijo el mismo sacerdote que había casado a Ryan y Laura once meses antes en la misma iglesia.

–Se ha portado muy bien –dijo Alison a Laura después de la ceremonia–. No ha llorado ni cuando el agua bendita le ha mojado la frente.

–Le encanta el agua –dijo Ryan orgulloso–. Ya la he apuntado a clases de natación para cuando tenga seis meses.

Alison y Laura se miraron.

–¿Y cuándo empezará las clases de fútbol? –preguntó el marido de Alison, guiñando un ojo.

–Nunca es demasiado pronto, Pete –respondió Ryan–. Cuatro o cinco años es una buena edad.

Laura todavía se sorprendía de lo buen padre que era Ryan. Nada más enterarse de que estaba embarazada, había insistido en que dejara de buscar trabajo y se relajara en casa, algo que no le había importado puesto que sus prioridades habían cambiado. Pero por su parte, ella lo había convencido para que la dejara seguir siendo su abogada. Le encantaba ir a su oficina los viernes a las tres.

–Todo el mundo a casa a tomar algo –dijo Cynthia.

Eran pocos los invitados al bautizo: Alison y Peter, Lisa y Shane y Bill y Cynthia. Habían decidido que, al contrario que su boda, la ceremonia fuera íntima. Ryan y Peter habían congeniado muy bien y se habían hecho grandes amigos en el último año.

–Sígueme –le dijo Ryan a Peter mientras se dirigían hacia donde tenían los coches aparcados–. No es fácil encontrar la casa de Bill y Cynthia. Iré despacio para que puedas seguirme.

Ryan se tomó su tiempo para acomodar a su familia en su nuevo coche, un Lexus de cuatro puertas que había comprado unos meses antes, cambiando su preciado BMW.

–Son una pareja encantadora –dijo Ryan de camino–, pero malcrían a sus hijos. ¿Has visto cuántos juguetes tienen? Me aseguraré de que Marisa aprenderá el valor del dinero y del trabajo.

–¿No vas a ser un padre controlador, verdad?

–Odio a esa clase de gente. Pero te sugiero una cosa para que no malcriemos a nuestra princesa.

–¿De qué se trata?

–Tengamos otro hijo.

–¿Tan pronto?

–¿Para qué esperar? La vida es corta, Laura.

–Tienes razón –dijo Laura, acordándose de su abuela–. Es una buena idea.

–Todas mis ideas son buenas.

–Oh, Ryan, eres incorregible. Pero no importa, te quiero igual.

–Por eso te quiero tanto, querida.

–¿Por?

–Porque tu amor es incondicional.